Elaisa

Der lautlose Klang der Liebe

Elaisa Verlag

Erstausgabe
2014
© 2014 Elaisa Verlag, 91090 Effeltrich
E-Mail: info@elaisa-verlag.de

Lektorat: Horst Christoph, Erlangen
Druck inPrint GmbH, Erlangen
Printed in Germany

Alle Rechte vorbehalten. Kein Teil dieses Buchs darf in irgendeiner Form oder durch elektronische oder mechanische Mittel, einschließlich Datenspeicherung und Abrufsysteme, ohne schriftliche Genehmigung des Verlags reproduziert, vervielfältigt oder übersetzt werden, außer für kurze Zitate im Rahmen von Artikeln oder Besprechungen.

ISBN 978-3-9816685-0-6
www.elaisa-verlag.de

Inhaltsverzeichnis

Wie dieses Buch zustande kam   7

Anregungen zur Lektüre   11

Kapitel 1

Anker für's Menschsein

Arbeitszeit und Freizeit   13

Verantwortung, Pflicht   18

Gelassenheit   21

Achtsamkeit   24

Lachen   29

Der freie Wille   32

Vorstellung, Verstrickung, Eigenliebe   39

Frei sein   42

Kapitel 2

Beziehungen, Familie und Emotionen

Familie	45
Beziehung	52
Sexualität	57
Verlassen werden	63
Diskussion – Streitgespräch	66
Einsamkeit	69
Lob	71
Vertrauen	77
Last und Lust	81
Tragen	87
Empfangen – Geben	91
Vergeben – Verzeihen	95
Entschuldigen	99
Lügen	101

Kapitel 3

Die Einheit – Gott – Universelle Energie
(oder wie Sie es nennen wollen)

Leben	103
Gleichgültigkeit – Gleiche Gültigkeit	106
Gleichwertig	109
Glaube an sich selbst – Herzenswünsche	111
Erschaffen	115
Selbstverwirklichung	121
Göttliche Offenbarung	125

Kapitel 4

… und hätte ich die Liebe nicht

Was ist Liebe?	129
Eigenliebe – Egoismus	136
Dankbarkeit	144
Frieden	152
Erlieben	156
Lebe die bedingungslose Liebe!	158
Ein Leben in bedingungsloser Liebe	161
… und hätte ich die Liebe nicht (1. Korintherbrief 13)	164
Wie Sie Begriffe aus der christlichen Tradition in Ihre eigene Sprache „übersetzen" können	166

Danksagung   169

Wie dieses Buch zustande kam

Ich gehe seit einigen Jahren regelmäßig in die Stille, man kann es „meditieren" nennen. Seit dem Jahr 2011 empfing ich bei dieser Gelegenheit immer öfter „Botschaften" oder „Mitteilungen" über Themen und Fragen in meinem Leben, und ich begann, sie spontan und unzensiert mitzuschreiben.

Eines Tages hatte ich das Bedürfnis, diese Mitteilungen einem Freund in Briefform zu schicken. Wir korrespondierten über diese Inhalte immer häufiger und merkten bald, dass es Botschaften waren, die mich, ihn und alle Menschen betreffen. Und mir wurde bald klar, dass ich an der höchsten Quelle in mir anknüpfe: Die Inhalte liefen nicht mehr über meinen Verstand. Für mich ist es der Geist Gottes, es ist für mich göttliche Schwingung, und seitdem lebe und schreibe ich in diesem Bewusstsein des dankbaren Empfangens. Ich werde immer achtsamer und überlasse mich immer mehr dem Vertrauen zu dieser liebenden, göttlichen Führung in mir.

Oft schienen die Mitteilungen für mich persönlich zu sein, doch sie berühren das Innerste eines jeden Menschen, weil es nur mich und alle persönlich gibt. Die Botschaften flossen aus mir heraus, sie brachen auf, und ich erlebte und erlebe sie durch all meine Gefühlsschichten, bis in die Fingerspitzen. Die gedruckten Worte sind oft nur ein Schatten dessen, was ich bei diesen Eingebungen empfinden darf. Und ich erfühle und erlebe, dass es in den Botschaften um die Wahrheit und um die Mission der Liebe in mir, in allen auf diesem Planeten geht.

Ich spüre auch, dass mein Verstand mit diesen Erkenntnissen überfordert ist. Sie überschreiten all meine Vorstellungen, entlarven mein Glaubensmuster und entschlüsseln mein Leben. Ich lasse mich mit meinem bewussten Willen darauf ein. Voraussetzung dafür ist die freie, willentliche, bewusste, tägliche Hingabe im Vertrauen an das Göttliche in mir, an die **Einheit** – in den Texten abgekürzt mit **E** –, an die Wahrheit, an den „heiligen Geist" oder mein höheres Selbst. Ich lasse geschehen.

Nennen Sie es, wie Sie es wollen. Es ist jedenfalls die unbegrenzte Schöpfungsmacht in mir, in Ihnen, in jedem. Hier kommen mir meine christlichen Wurzeln zugute. Doch ich merkte schnell, dass es hier nicht mehr um Religion oder um bestimmte Lehren geht, sondern ausschließlich um die Er-lösung der bedingungslosen Liebe im Menschen, die von keiner Religion mehr abhängig ist.

„Herr, lenke, leite, führe mich. Lass mich ein Werkzeug deiner Liebe sein", war das Lebensmotto des heiligen Franziskus.

„Ihr seid mein Ebenbild", heißt es in 1. Mose 1,27. Alleine diese Erkenntnis – Gott spiegelt sich in mir, egal, wie ich bin und wie ich sein will – lässt mich die Weite seiner, meiner Allmacht erahnen. Ich erahne, erfühle die formlose, unbegrenzte Kraft, Liebe, Gott.

Doch um diese zu manifestieren, bediene ich mich der Schrift und Bildsprache, um sie den Menschen als Botschaft zu bringen. Die Texte unterliegen teilweise einem ungewohnten Sprachrhythmus. Deshalb ist es empfehlenswert, diese sich selbst halblaut vorzulesen. Damit werden Sie mit dem Rhythmus besser vertraut und Sie erhören sich zugleich, so dass Sie die Weisheiten ganzheitlich und tiefer aufnehmen können.

In diesem Sinne, wie auch immer Ihre Vorstellungen von der *Einheit (E)* sein mögen: Erfühlen und entdecken Sie während des Lesens (wie ich während des Schreibens) mit Ihrer Bewusstheit die unbegrenzte Wahrheit, die in Ihnen, in jedem schlummert.

Nehmen Sie dieses Geschenk der Erkenntnis wahr!
Wir sind zum Ebenbild geschaffen.

Wie ich bin, so bin ich.
Was ich sein will,
das werde ich sein.
Ebenbild Gottes.

„Suchet und ihr werdet finden. Klopfet an und es wird euch aufgetan."
(Matthäus 7:7-12)

Überlegen Sie, was Sie suchen wollen, das werden Sie finden. „Wo du anklopfst, wird dir aufgetan." Wir haben immer die Wahl, unseren Himmel oder die Hölle in uns, nur in uns, zu erschaffen.

Was wollen wir?
Wir alle bekommen Intuitionen, die wir mehr oder weniger übergehen. Ja, übergehen. Lassen Sie sich willentlich bewusst von den

Intuitionen Ihres Herzens, die Sprache der Liebe, leiten. Sie können sich leichter in die Texte einfühlen, wenn Sie wissen, dass das hohe Lied der Liebe (1. Korinther, 13) die Inhalte begleitet. Das konnte ich erst nach einer Weile in den Inhalten erkennen.
Während des Schreibens wechselte ich manchmal vom Monolog zum Dialog. Warum es so ist – ich habe keine Erklärung dafür. Wir wissen nur Bruchstücke.

Die Texte sind in sich heil. Jedes Thema ist eine in sich abgeschlossene Einheit.
Es geht immer um das eigene Leben, um die Liebe in uns.
Lassen Sie die Texte wirken, ein-wirken – in der Bewusstheit, „Das Beste soll für mich in Liebe geschehen."

Dieses nur
denken, wollen, glauben.
Daraus folgt
denken, wollen, handeln.

Die Grundlage unseres Lebens ist die Liebe.
Ent-decke deinen Traum – Liebe.
Es ist der Liebestraum deines Lebens.
Dein eigenes Abenteuer

L E B E N.

Anregung zur Lektüre

Die Texte des Buches bauen nicht aufeinander auf. Sie können mit dem Lesen beginnen, wo Sie wollen, und die Themen herausgreifen, die Sie besonders ansprechen.
Die Texte überfordern oft unseren Verstand. Lassen Sie sich davon nicht irritieren: „Erfühlen" oder „erleben" Sie das Geschriebene, Sie müssen es nicht „verstehen" – mit dem Verstand ist das oft gar nicht möglich.
- Hilfreich kann es sein, die Texte halblaut und langsam zu lesen (oder sie sich vorzulesen).
- Lesen Sie die Texte immer wieder. Warum? Durch das Wiederholen sprechen Sie tiefere Schichten in Ihrem Bewusstsein an. Das macht es leichter, den Weg nach innen, zur eigenen Weisheit zu finden.
- Lesen, rezitieren Sie den Korintherbrief 1,13 (S. 164) – die Grundlage dieses Buches – zwei Wochen lang und verbinden Sie sich dabei mit dem Göttlichen in sich selbst.
- Lesen Sie immer nur wenige Texte; es nützt nicht viel, einen Text schnell zu „konsumieren".

Kapitel 1
Anker für's Menschsein

Arbeitszeit und Freizeit

E: Unterscheide deine Tage nicht in Arbeitstage und Wochenende. Wenn du alles gerne tust, ist alles gleich schön. Auf das „freie Wochenende" habt ihr eine starke kollektive Resonanz. Geh weg von deinen Vorstellungen, die machen den Druck, wie etwas zu sein hat. Geh so in die Zeit, dass es ausgewogen ist. Dann sind deine Bedürfnisse nicht überdeckt, versteckt, sondern erstrahlen gesättigt von innen nach außen.

Ich merke, du verkennst es noch. Wenn du deine geregelte Arbeit, den Beruf, gerne tust und deine Sinnhaftigkeit von Herzen darin suchst (übrigens: wenn ihr wirklich sucht, findet ihr) und deinen Willen dazu einsetzt, „das Beste soll für mich geschehen", dann übersteigst du alle menschlichen Kräfte, dann ermüdest du nicht. Dann tust du von Herzen, aus Liebe zu dir, zu jedem.

Geldverdienen ist nur eine Begleiterscheinung.
Geldverdienen dient nur dazu, keine Not zu haben.
Geldverdienen ist neutral.
Geldverdienen ist nur ein Tausch.

Ich: Es ist doch oft so, dass man zu seinen eigentlichen Bedürfnissen wie Lesen, Schwimmen usw. nicht kommt, weil man dem anderen gern dient.

E: Du sagst es. Wenn du es im Augenblick gerne tust, von Herzen handelst, hast du in diesen Momenten, die länger sein können, kein anderes Bedürfnis.

Ich: Oh doch, manchmal schon!

E: Dann beobachte dich, wo bist du? Ich sage es dir. In der Zukunft oder in der Vergangenheit. Nicht schlimm. Aber warum, warum? Du lebst nur im Augenblick der Liebe und nicht in der Pflicht. Entfalte dich wie die Blume, wie die Sonnenblume. Sie ent-faltet sich in der Sonne. Sie gibt sich der Sonne hin, dem Augenblick. Sie erstrahlt in der Liebe, sie spiegelt die Sonne. Worauf wartest du?

Schon gewusst? Die göttliche Sonne strahlt dir immer. Verdunkle sie nicht!

Druck macht ihr euch nur selbst, mit euren Vorstellungen, und presst euer Handeln in einen Teil als Arbeitszeit und einen Teil als Freizeit. Warum teilt ihr so hart ein, wenn doch alle Handlungen gleich sind? Warum unterscheidet ihr euer Handeln? Es ist alles gleich „wertvoll".

Ich: Es gibt doch Dinge, die Disziplin verlangen, z. B. regelmäßiges Aufstehen und den Tagesablauf organisieren, damit alles gut fließen kann. Vieles geschieht selbstverständlich, ohne groß darüber nachzudenken. Ich glaube, das ist auch gut so, um nicht Steine in die Quere rollen zu lassen.

E: Ja, ja, dann ist es so, wie du glaubst. So wird es sein. Achte auf dein Wohl. Ihr tut euch in der Vorstellung von Freizeit und Arbeitszeit leichter, wenn ihr alles, alles als Arbeit seht. Die Grundlage ist das Atmen. Und dann kommt an Arbeit alles, alles dazu. Dann gibt es nie ein „Gestörtwerden" in der Arbeit. Dann ist es immer ein Aneinanderreihen von Handlungen.

Ich: Oh doch, wenn ich ausruhe, kann ich immer wieder gestört werden!
E: Es ist nur ein Wandel in der Handlung. Die eine Handlung wandelt sich in eine andere Handlung. Ein Beispiel: Beobachte ein Blatt. Es hängt am Baum, es wandelt sich in sich und von außen. Jeden Augenblick. Von außen geschieht die Wandlung des Augenblicks durch das Wetter, durch Wind, Sonne … Von innen geschieht die Wandlung durch das Wachsen, Reifen. Das gilt immer und überall, auch beim Menschen. Sprecht ihr hier von einer „Störung"? „Es ist, wie es ist."

Leben ist Wandel – abwechslungsreich. Merkst du, ich weite nur deine Bewusstheit in den Vorstellungen, wie etwas zu sein hat. Viele Vorstellungen verstricken.

Ich: Was ist mit meinem Willen?
E: Deine Vorstellungen prägen deinen Willen. Gehe mit deinen Vorstellungen, wie etwas zu sein hat, entspannter um, dann wirst du „wechselseitiger" (ihr nennt es flexibel). Denke nicht in festen Mustern, dann hast du die Freiheit, dich zu entscheiden. Frei, wirklich frei bist du dann, wenn der Augenblick deinem Wohl dient. Nur deinem Wohl. Je wechselseitiger du wirst, desto leichter lassen deine Vorstellungen nach.

Ich: Heißt das, sich drehen wie im Wind?
E: Wenn du im Stand der Liebe bist, bist du gefestigt genug, so

dass du auf die äußeren Überraschungen deines Lebens angemessen reagieren kannst. Dann siehst du das Leben als Überraschung und gehst aus deinen Vorstellungen hinaus. Noch einmal: Ihr unterschätzt alle den „Stand der Liebe."

Ich: Wenn ich mir aber etwas vorstelle und es gerne tue?
E: Dann tu es doch.

Ich: Aber wenn dann etwas dazwischenkommt?
E: Dann wäge für dich ab. Oft stellt sich heraus, dass eine „Störung" gut für dich ist, ein Erinnern an etwas, was du sowieso in Liebe tun wolltest und vergessen hast. Es wurde nur wieder in dein Bewusstsein gerufen. Mit dieser Bewusstheit gibt es keine „Störung" mehr. Mit dieser Bewusstheit ist es eine Erleichterung oder, je nach Situation, eine Gnade.

Merkst du, es kommt nur auf deine Bewusstheit an. Wenn der Wecker am Morgen um 6 Uhr klingelt, wie siehst du es? Als Störung? Als Dank? Als Gnade? Du sagst, das kommt darauf an. Ich sage dir, es ist immer, immer Gnade, weil es so funktioniert, wie du es *willst*. Sieh es immer als Gnade, damit bist du schon froh und erleichtert. Du hast den Wecker gestellt. Du hast es gewollt. Du richtest dir den Tag ein.

Wandle, wandle alles zur Gnade. Dein Leben ist Gnade.
Du hast immer zwei Möglichkeiten. Deine Bewusstheit entscheidet über die Konsequenzen in deinem Leben. Mehr ist es nicht.

Freude oder Leid
Himmel oder Hölle
Was willst du?
Alle, alle wollen das Gleiche:
den Himmel.

Er ist in dir. Hast du das vergessen?
Freue dich, wenn dich jemand stört und daran erinnert.

Verantwortung, Pflicht

E: „Verantwortung" – das Wort in diesem Sinne gibt es in der geistigen Welt nicht. Ihr benebelt euch (oder werdet benebelt) mit etwas, das es gar nicht gibt. Jeder, der mit seinem Bewusstsein im Verstand lebt, sieht klar die „Verantwortung" und täuscht damit sein höheres Selbst, ohne es zu wissen.

„Verantwortung" löst euch aus der Ganzheit heraus. „Verantwortung" versklavt euch in eurem Handeln. Wenn „Verantwortung" euch leitet, sind Persönlichkeit und Seele nicht eins – und sie können nicht in die Einheit kommen.

Nur *du* kannst dir mit deinem Leben, mit deinem Handeln eine Antwort geben. Dein Handeln ist die *Antwort* deines Denkens – mehr nicht. Folglich gibt es das *Ver-antworten* nicht. Das „Verantworten" kannst du nicht einmal abgeben. Es funktioniert einfach nicht.

Ihr wisst nicht, wie ihr mit diesem erfundenen, überlieferten Wort umgehen sollt und schafft eine Kollektivresonanz, die knallhart in eurem Verstand haftet. Und aus voller Überzeugung rechtfertigt ihr euer Pflichtbewusstsein, die Disziplin und Härte eures Handelns vor euch und gebt ihr noch Ehre.

Mit „Verantwortung" kommt ihr nicht zu eurer persönlichen, individuellen Entwicklung, zu eurem „höheren Selbst". Mit „Verantwortung" könnt ihr euren Lebensplan nicht erfüllen.

In eurer Welt erhält der Respekt, der großes Verantwortungsbewusstsein hat. Er verhält sich so, dass er Achtung bekommt oder sich selber gibt. Er denkt, er habe einen starken Selbstwert – und fühlt ihn auch in dieser Täuschung. Er bemerkt die Täuschung nicht, kann sie auch gar nicht bemerken, denn die Frequenz des Kollektivs ist zu stark; sie ist so stark, dass die Wahrnehmung eures höheren Selbst zwar nicht unterbrochen, aber vernebelt ist. (Dieser Nebelschleier zur Erkenntnis fällt meist erst beim Sterben, beim Übergang.)

Doch in der Ruhe, in der Stille würde dieser Schleier schon jetzt fallen, und ihr könntet zur Besinnung kommen. In Verbindung mit eurem höheren Selbst könntet ihr dann eure wahren Intuitionen hören. Euer Leben würde sich in Liebe, in Glück, in Zufriedenheit und Freiheit wandeln.

Die reine Liebe an euer Leben wäre die Antwort. Dann gäbe es keinen Druck, keinen Stress, keine Pflicht, keine Härte.

Ich: Ich habe aber Verantwortung für die Kinder und die Familie?
E: Noch einmal: Lass dich nicht täuschen. Eure Verantwortung ist Last. Dann kommt eben durch die Verknüpfungen im Verstand heraus, was herauskommt.

Ihr redet viel über die Liebe – lebt die Liebe.

In der Frequenz der bedingungslosen Liebe gibt es keine Verantwortung.
In dieser Frequenz liebt ihr das Tun. Aus Liebe tun: Da ist keine Pflicht, keine Verantwortung und auch keine Anstrengung. Der Verstand kann diese Schwingung nicht begreifen.
Lebt die Liebe und zögert nicht.
Das schlimmste Anhaften ist im Verstand. Seht den Verstand nicht

als starr an. In der Liebe hat er weiche Konturen. Hebt den Verstand in die Schwingung der Liebe – und alles kann fließen.

Verstand: Lasse das „Ver" weg – und du stehst in der Liebe. Mehr braucht ihr nicht. Mehr gibt es nicht.

Das ist die Einheit.

P. S. von mir: Diese Offenbarung war für mich Geburt und Auferstehung zugleich. Ich empfinde das unbeschreibliche Gefühl einer tiefen Dankbarkeit an die Güte, die Liebe der heiligsten Dreifaltigkeit. („Dreifaltigkeit": Im Christlichen ist sie das Symbol für die Einheit von „Vater, Sohn, heiliger Geist". Im universellen Bewusstsein der göttlichen Liebe steht sie für das „Christusbewusstsein", das heißt, für die „Einheit" im Einklang von Körper, Geist und Seele.)

Ich habe überlegt, wer hat mir den Brief diktiert? Mein Blick fällt auf die letzten Worte des Briefes. Ich bin erschüttert, gerührt, glückselig, begnadet.
Danke.

Gelassenheit

Ich: Was ist unter Gelassenheit zu verstehen? Und wie kann ich sie leben?

E: Ge-lassen – Be-lassen. Unterscheide die beiden Worte und erkenne.

Gelassen: Du siehst, wie es läuft, und greifst mit Gelassenheit ein, das heißt, du stehst über der Sache und beeinflusst sie mit deinem Geist, mit deinem Bewusstsein. Einen Konflikt kannst du mit Verkrampfung unterdrücken oder ihn belassen – oder du entscheidest dich für den Weg der Gelassenheit und beeinflusst die Sache im Stand der Liebe hin zur Lösung, zur Auflösung der Gegensätze.

Deine Bewusstheit liegt, wenn du gelassen bist, in der Lösung des Konflikts und nicht in der Frage, wer Recht hat – das würde zu Trennung, zum Scheitern führen, weil es dann Über- und Unterlegene gibt. Sieh den Planeten als den Heimatplaneten deines jetzigen Lebens und gehe nicht in die Trennung, sondern wirke hin zur Auflösung, zur Konfliktlösung. Probleme (oder Gelegenheiten) in Gelassenheit lösen bedeutet, sich über den Konflikt zu erheben, das löst und ist er-lösend für alle Beteiligten. So soll es sein – in liebender Vereinigung mit jedem.

Belassen dagegen bedeutet Passivität: Zuschauen, wenn ein Konflikt entsteht, dann wegschauen und verdrängen. Auch in diesem Fall bekommen die Gefühle keine Energie, doch lösen sie sich nicht auf, sondern werden ins Unterbewusstsein gedrängt, um bei ähnlichen Situationen wieder zum Ausdruck, zum Ausbruch zu kommen. Ihr nennt es sich wiederholende Muster.

Gelassenheit erkennt und erfasst den Konflikt und strebt mit Bewusstheit eine friedvolle Lösung, eine Auflösung der geballten Energie an. Du setzt dich bewusst für eine Lösung ein – und nimmst deine eigenen Emotionen bewusst heraus. Deine Gefühle werden in diesem Moment bedeutungslos. Und die Auflösung des Konflikts setzt freudvolle Energie, freudvolle Gefühle frei. Dein wahres „Sein" kommt zur Entfaltung. So entsteht Frieden in deinem Herzen, so entsteht der Weltfrieden im Herzen von Mutter Erde. Der himmlische Friede in deinem Herz erzeugt den Weltfrieden im Herz der Mutter Erde. Siehst du, es liegt an deinem Herzen. Worauf wartest du noch?

Ich: Dass alle mitmachen, nur dann ist das möglich.

E: So wie einer anfängt, für euch ins Negative zu gehen (Resonanzgesetz), so ist es auch möglich, mit einem ins Paradies zu gehen. Die Gedanken erschaffen die Welt, deine Welt. Was denkst du? Ich sage es dir: alles und nichts.

Ich: Wieso sagst du das?

E: Weil ihr eure Allmacht unkontrolliert einsetzt – du ebenso wie viele, viele andere. Du denkst: „Ich will", doch dann hebst du diesen Gedanken mit „Wenn" und „Aber" auf. Wann ist dir dies endlich bewusst? Du weißt es doch.

Ich: Ja, ja, aber ich habe eben auch Gewohnheitsmuster.

E: Siehst du, du merkst gar nicht, wie du dich programmierst. Du hast ein Gewohnheitsmuster, sagst du. Wenn du das sagst und davon überzeugt bist, dann ist es so. Geh von dem Wort Gewohnheit weg. Bis jetzt war vieles Gewohnheit. Ersetze es mit Bewusstheit – und alles, alles ist möglich, alles ist deine Realität. Du, nur du bist dein Erschaffer.

Ich: Ich spüre, wie diese Sätze meine Seele berühren, und ich merke, dass ich es einfach immer wieder glauben will, dass es so ist. Aber in meinem unbewussten Denken zweifle ich und entsprechend handle ich, weil es manchmal unglaublich für mich ist. Ich habe gerade richtig Herzklopfen dabei.

Die Allmacht in mir erfühle, erlebe, denke, schreibe ich – und doch ist das alles unglaublich. Diese Bewusstheit ist faszinierend, unbeschreiblich, wie in einem Film.
Ich spüre, es ist in meinem Leben hier und jetzt Realität, dass ich, du in mir sprichst. Es ist für mich wie ein Traum, so unbeschreiblich, dass ich regungslos als Beobachter meiner selbst, meiner Welt dasitze.

Ich merke, ich sitze in einer anderen Bewusstheit hier, und doch ist alles gleich, mein Alltag ist gleich. Es ist ein Traum. Keiner in meiner Familie merkt es. Sie spüren, glaube ich, mein Glück. Mehr nicht. Ich bin in mir frei, frei, frei.

Ah, das ist die Gelassenheit des Lebens. Ja, nur die Bewusstheit, und auf was sie gerichtet ist.
Im Jetzt: Ja, ich will lachen, waschen, bügeln und darin frei, frei, frei sein. Wirken für mich, für andere. Die Handlung bleibt gleich, doch mein Leben ist mein Bewusstsein, meine Freiheit.
Ich darf es erleben – wunderbar.

Ob es jemand anderes begreift? Das steht in den Sternen.
Es ist ja mein Leben, aller Leben.
Alles Liebe, Liebe, Liebe an mein Leben.
Herr lenke, leite, führe mich.
Tue es bitte. Ich lasse es geschehen.

Achtsamkeit

E: Achtsamkeit ist das Erfühlen der eigenen Aura, es ist das Erfühlen der eigenen Seele.

Ich: Wie soll das gehen?
E: Es funktioniert an deinem Gegenüber. Die Achtsamkeit ist dein Schutz. Sie ist die Kommunikation mit allem, was ist auf dem Planeten. Dein Gegenüber ist alles – alles in dir und alles um dich herum.

Ich: Ich glaube, „Achtsamkeit" hat bei uns eine starke Nähe zu „Vorsicht".
E: Vorsicht wäre gut, doch ist sie sehr oft mit Angst verbunden.

Ich: Sag mir doch, was Achtsamkeit ist.
E: Achtsamkeit ist das Erfühlen, wo du in diesem Augenblick in der Schöpfung stehst.

Ich: Ist es kein Werten?
E: Nein. Wenn du achtsam bist, bist du ein Segen.

Ich: Wie denn?
E: Es ist so einfach, dass ihr euch schon wieder einen Kopf macht. Achtsamkeit funktioniert nicht über den Verstand. Erfühlen heißt, sich auf das einstellen, was *ist*. Ich sage es dir mit Nachdruck.

Ich: Was der andere braucht?
E: Nein, das, was *ist*. Es geht um dich und um keinen anderen.
Ich: Irgendwie redest du um den heißen Brei. Mir wird schon ganz

schwindlig. Komm doch bitte klar auf den Punkt.

E: Erfühlen ist der Punkt. Du erfühlst, wo du und der andere stehen. Ohne Wertung! Ob Mensch, ob Tier, ob Pflanze – alles, alles Pulsierende. Die Schöpfung pulsiert, die Erde pulsiert, auch ein Fels.

Ich: Soll ich mich auf einen Felsen einstellen?

E: Wenn du deine Aufmerksamkeit auf ihn richtest, schon. Wenn du ihn besteigen, auf ihn klettern willst, musst du dich mit ihm verbinden. Tust du das nicht, kannst du Überraschungen erleben. Wenn du dich seiner bedienen willst, solltest du dich auf den Fels einstellen, so dass er dir dienen kann. Du stellst dich auf ihn ein. Du bist im gegenseitigen Einvernehmen, du stehst in der Achtsamkeit, in der Liebe; du stehst in der *bewussten* Vereinigung zum Ganzen. Es ist sowieso gleich, doch die Bedeutung liegt auf *bewusst*. Du bist alles im Ganzen, ein Teil vom Ganzen.

Ich: Und was bedeutet das im Zusammenhang mit den Menschen?

E: Du sagst es schon, da ist sowieso ein Zusammenhang mit den Menschen, mit allem. Stell dich auf das „Zusammen" ein. Beobachte dich, deine Antenne, und fühle, wie sie bei dir und bei deinem Gegenüber stehen. Dann ist ein kommunikativer Austausch, ein „Gleich sein" im Austausch, möglich. Jeder fühlt sich wohl, ist offen. Und jeder zeigt sein wahres Selbst. Das wahre Selbst ist immer heil. Denke nicht, dass es bruchstückhaft ist.

Ich: Wie soll ich das verstehen können?

E: Ein geschliffener Edelstein strahlt in der Sonne immer gleich, aber er hat in sich verschiedene Facetten. Stell dich mit deinen leuchtenden Facetten bewusst auf dich und den anderen ein, dann weißt du, was du in diesem Moment brauchst. Bei deinem Gegenüber ist es das Gleiche. Wenn alles gleich ist, auf Augenhöhe, ist das die beste Kommunikation, weil sie sich auf der Herzebene bewegt. Beispielsweise bei Menschen, bei denen die Grundlage der Kommunikation ein gemeinsames Interesse ist, kann sich dieses Interesse gegenseitig ausweiten – durch das sich Einstellen, Einfühlen. Das funktioniert bei jedem. Einfühlen bedeutet, *bewusst* in Beziehung zu gehen.

Ich: Ist das nicht sehr anstrengend? Verliere ich mich dabei nicht?
E: Im Verstand ist das schon anstrengend. Doch erfühlen heißt, *mit dem Herzen sehen.* Da brauchst du nicht so viele Worte. Du bist im „Sein", im Wirken. Lass es geschehen, und es wird geschehen. Es ist ein Geben und Empfangen im gleichen Moment. Du spürst, spürst, spürst. Da ist keine Reibung. Da ist Achtsamkeit.

Ein Kind ist dafür ein gutes Beispiel. Stellst du dich nicht auf das Kind ein, ist alles im Ungleichgewicht. Eine Über- oder Unterforderung ist die Folge. Wenn sich die Sensoren oder die Strahlen der beiden Edelsteine nicht im Licht treffen, nennt ihr das glanzloses Handeln, Unglück.
Jeder hat es mit seiner Bewusstheit in der Hand. Du bist dein eigener Schöpfer.

Hole dich dort ab, wo der andere steht [sic!]. Die größte Achtsamkeit zeigt sich in der vereinenden Kommunikation. Vereinende Kommunikation ist Kommunikation ohne Reibung, ist Bedingungslosigkeit, ist reine Lichtenergie, ist der Himmel in dir.

Dies gilt ganzheitlich für Körper und Geist und Seele.
Wenn dich z. B. die Angst durch einen Menschen anschreit, erkennst du das sehr schnell und gehst nicht in die Angst hinein. Im gött-

lichen Nicht-Wissen begegnest du deinem „Schatten" und dem „Schatten" des anderen. In der Gnade der Göttlichen Bewusstheit, der Liebe, der Herzebene weilt ihr in der Sonne. Im gegenseitigen Einstimmen ist reine Liebe.

Ich: Wie kann ich im Sprechen, im Handeln authentisch sein, wenn ich mich auf jemanden einstelle?
  E: Wenn du *mit* jemandem fühlst, ist es gleich, was du tust. Du bist immer authentisch. Du bist im Moment in der Einheit. Um bewusst in die Einheit zu kommen, gibt es nur ein Grundrezept. Es ist die Liebe.

Auch beim Schreiben tust du nichts anderes, als dich bewusst einzustimmen, auf mich, auf dich. Mehr ist das nicht! In dieser Einstimmung ist Harmonie. Jeder stimmt und bestimmt bewusst oder nicht bewusst seine Melodie. Dein Orchester ist dein Leben. Wer soll dich hören? Du! Wir sind alle gleich!

Euer Wille ist eure Allmacht! Und sich einzustimmen bedeutet, seinen Willen zu achten – jeden Willen zu achten.

Ich: Wie ist es mit Kindern?
  E: Kinder brauchen eine liebende Orientierung.

Ich: Wie sieht diese aus?
  E: Es ist die liebende Einstimmung nicht auf das Kind, sondern zum Kind, ins Kind. Es ist die Bewusstheit dazu. Diese Liebe ist nicht vor-bildlich, sondern ein bildliches Erleben im Kind – es ist ein Fließen, ein heil Bleiben, ein sich in das Heile entwickeln.
  Der liebenden Orientierung folgt ein fließendes, liebendes Handeln.

Wenn du lachst, macht deine Seele einen Ausflug. Warum fliegt sie nicht öfter aus?

Lachen

E: Im Lachen ist das Heilsein der Seele.
Im Lachen erhebt ihr euch.
Erhobene Menschen lachen viel.

Ich: Warum ist das so?
E: Erhobene Menschen sind frei von Spannungen. Euer Verspanntsein habt ihr mit dem Verstand gut im Griff.

Beobachte: Vernünftige, pflichtbewusste, verantwortungsvolle Menschen haben sich im Griff. Durch ihre Vernunft stärken sie im Außen ihre Glaubwürdigkeit. Ängstliche Menschen lachen wenig. Sie halten sich zurück, haben Angst, sie könnten lächerlich wirken. Hinter ihrer äußeren Standhaftigkeit verstecken sie ihre Unsicherheit, ihre innere Angst. „Je verantwortungsbewusster ein Mensch ist, desto weniger Grund hat er zum Lachen", denken diese Menschen. Wenn sie erkennen könnten, dass es nur eine Antwort auf ihr Leben gibt, würden sie sich in die Ewigkeit lachen.

Ja, sie haben sich im Griff. Zur passenden Zeit, wenn sie sich in Sicherheit wiegen, lockern sie ihren Griff, lachen, lachen, lachen, reißen andere mit – und sperren ihre Leichtigkeit schnell wieder ein. Sie schwärmen und träumen lange von diesem Ausflug. Doch ihr Griff, ihre Leistungsorientierung wird immer stärker. Sie sind das In-sich-Festhalten so gewöhnt, dass es beim Zuschnüren, Zuschrauben immer mehr im Schraubstock kracht, dass die Fesseln quietschen.
Um das zu vermeiden, um ihre Träume, ihre Leichtigkeit zu erfüllen, zu erfühlen, greifen sie nach Hilfsmitteln wie Alkohol, Drogen, Ab-

lenkung. Auch gut für den Ausflug der Seele. Denn der Drang ist zu groß.

Doch wenn ihr immer ein Hilfsmittel von außen braucht, um eure vernünftige, illusorische Standfestigkeit zu überwinden, verstrickt und schwächt ihr euch immer mehr. Und mein wahres Sein, mein Göttliches Geschenk in euch, wird so lange verstrickt, bis es erstickt.

Du hast die Wahl. Was willst du? Ich rate dir, lache, lache, lache. Je mehr du dir deiner bewusst bist, desto mehr hast du zu lachen. Du traust dich ins „himmlische", noch unbekannte Territorium.

Ihr müsst euch das so vorstellen. Eure Blase ist voll. Ihr habt einen Drang, und ihr haltet zurück. Ihr könnt lange, lange zurückhalten, doch irgendwann lasst ihr los – und es ist euch oberpeinlich. Doch eurer Blase und eurem Körper ist dies egal.

Ihr habt alles lange im Griff, aber nicht auf Dauer. Der Augenblick des Fließenlassens ist für euch eine unbeschreibliche Befreiung und Erlösung. Sich im Lachen loszulassen ist gut für Körper, Geist und Seele, es ist Befreiung und Erlösung. Das ist mit dem Verstand nicht mehr zu halten.

Lachen ist das Loslösen vom Irdischen und das sich Erheben zum Göttlichen.

Lachen bestimmt
deine himmlische Melodie
zum Leben.

Der freie Wille

E: Ja, denken, wollen, glauben – im Bewusstsein der Wahrheit. So und nicht anders. Doch ihr habt feste Vorstellungen, ihr seid festgefahren darin. Ihr merkt gar nicht, dass sich bei euch alles vorwiegend um eure Vorstellungen dreht und nicht um euren freien Willen.

Ich: Ich erahne es, doch so ganz kann ich es nicht erfassen. Ich spüre doch und beobachte mich, was ich *wirklich* will.
E: Tatsächlich? Zum Beispiel ist euch doch die Manipulation durch die Mode bewusst. Ihr unterliegt hauptsächlich dem Zeitgeist. Im Zeitgeist seht ihr euch verwirklicht, davon hängt euer Wohlgefühl ab. Nicht schlimm. Ihr fühlt euch dann wohl, wenn es euren Vorstellungen entspricht. Jedoch überlege, sind es *tatsächlich* eure Wünsche? Eure Wünsche hängen von der Vorstellung ab, sie seien notwendig.

Ich: Ja, aber es ist doch gut, wenn ich mich freue und mir etwas nach meinen Wünschen und meinen Vorstellungen gönne.
E: Ja, ja. Doch ihr seid oft Sklave eurer Vorstellungen. In eurer Verblendung wünscht ihr euch etwas unbedingt, und somit sind auch euer Denken, Wollen, Handeln wieder in der Einheit. Aber nicht in der Wahrheit, in eurer absoluten Freiheit. Ihr lasst euch vom Leben leben.

Ich: Wir wissen vieles über Manipulation, z. B. in der Werbung.
E: Aber vieles, vieles ist euch nicht bewusst. Besonders wenn es eine große Gruppe oder die gesamte Gesellschaft betrifft, ist die Macht der Vorstellung viel zu stark, um es als Einzelner zu bemerken.

Ich: Was sollen wir tun? Du sagst doch, es geht immer nur um unser Leben.

E: Bedenke, wenn du voll in der Eigenliebe stehst, bist du dir deines Selbstwertes bewusst und stehst nicht in der Resonanz des Kollektivs.

Ich: Wie meinst du das? Nehmen wir doch die Mode als Beispiel. Wenn ich diesen Wandel nicht mitmache, würde ich mich herausheben, und wohlfühlen würde ich mich auch nicht mehr.

E: Ihr unterliegt nicht dem schnellen Wandel, wenn ihr in die Zeitlosigkeit geht.

Ich: Wie meinst du das?

E: Der Unterschied liegt darin, ob du dein Leben für das Außen gestaltest, auf das Außen ausrichtest, dir diktieren lässt und deine Wünsche, Bedürfnisse davon bestimmen lässt, um dich wohlzufühlen. Das ist dann ein ewiges Rennen und Suchen im Außen. Der andere Weg ist, die Dinge in Liebe, von Herzen angenehm für dich zu gestalten, dass sie dir dienen.

Ich: Aber alles dient mir – im Langsamen wie auch im Schnellen.

E: Ja, es ist so. In Liebe, gestaltet zu deiner immerwährenden Freude, begleiten dich die Dinge im Augenblick deines Lebens. Der Unterschied und die Konsequenz liegt nur, nur in deiner Bewusstheit. Dient dir alles von außen zum leichteren Leben, zu deiner Entwicklung oder dienst du mit deinem Leben dem Außen?

Im zweiten Fall ist es ein Streben nach Vollendung in der Vergänglichkeit. Das Leben lebt für das Außen, um diese scheinbaren Bedürfnisse zu befriedigen. Ihr denkt nicht mehr an das eigene Leben. Ihr vergesst seinen zeitlosen Sinn – die bedingungslose Liebe. Ihr beschichtet euch mit vergänglicher Materie, die euch dann zum Schein als Ersatz der Liebe dient. Warum tut ihr das?

Im ersten Fall ist es ein bewusstes Erleichtern deines Lebens. Hier liegt die Bewusstheit auf Leben, und alles dreht sich um dein Leben.

Ich: Ich denke, es kommt auf die Einstellung des Einzelnen an.
E: Ja, jedoch halte inne und sieh, worauf ihr euer Leben einstellt. Steht das Leben in der Liebe zu euch, werdet ihr immer wunschloser, weil eure Vorstellungen, wie etwas zu sein hat, immer weniger werden. Ihr spürt dann, das Bedeutendste ist, euch im Leben anzunehmen. Dann ist alles gleich schön. Ihr sucht keinen Ersatz in euren Vorstellungen. Ihr sättigt euch mit euch selbst. Wunderbar.

Ich: Heißt das, dass wir wunschloser werden und folglich willenloser?
E: Ja, so ist es. Wunderbar frei.

Ich: Aber ich will doch nicht willenlos werden!
E: Dein Wille hat für dich dann eine andere Bedeutung. Willenlos ist, wenn du in der Liebe zu dir stehst.

Ich: Du hast recht. Ich verbinde „willenlos" damit, ich müsste den anderen alles recht machen.
E: Sieh willenlos auch nicht als orientierungslos an. Durchschaue den Vorgang. Du hast einen Wunsch, der nach außen und von außen an dein Leben gerichtet ist. Indem du immer wieder an diesen Wunsch denkst, programmierst du ihn intensiver. Ein Bedürfnis entsteht durch die Stärkung des Wunsches mit deinem Willen. In Liebe oder durch Anstrengung versuchst du, diesen Wunsch Wirklichkeit werden zu lassen. Er wird Wirklichkeit, wenn du es glaubst.

Ich: Was ist daran schlimm, wenn ich den Vorgang durchschaut habe und es bewusst mache?

E: Warum fragst du so? Merkst du, du urteilst. Es gibt nichts Schlechtes. Auch nicht von außen. Nur die innere Orientierung und damit die Konsequenz ist unterschiedlich für dich, nur für dich.

Ich: Was also soll ich tun? Ich merke auch gerade, wie ich wieder einmal werte.

E: Gestalte dir einfach deinen Himmel, in dem du willentlich auf deine Intuitionen hörst und daran glaubst: „Das Beste soll für mich geschehen."

> Du nimmst in deinem Himmel an, was ist,
> weil du dein Himmel bist.
> Was brauchst du mehr?
> Nichts,
> weil du alles hast.

Ich: Bitte gib mir ein Beispiel!

E: Dir werden ständig Handlungen und Gewohnheiten präsentiert, bei denen du feste Vorstellungen hast und dein Wille in Frage gestellt werden kann, z. B. beim Essen.
Wer sagt, dass Suppe eine Vorspeise ist? Merkst du, ihr teilt ein bzw. auf. Ihr merkt es schon und meint, andere Länder, andere Sitten.
Ja, weil sie oft andere Vorstellungen im Leben und vom Leben haben. Nur im Vergleich eures Lebens mit anderen erkennt ihr den Unterschied. Oft ist das Kollektiv zu stark.

Ich: Kommt es nicht darauf an: „Arbeiten um zu leben" statt „Leben um zu arbeiten"?

E: So ist es leichter für euch zu verstehen. Doch trenne Arbeit und Leben nicht. Ersetze das Wort Arbeit mit Handlung. Merkst du: Die Handlung kann gleich bleiben, jedoch das Bewusstsein ist nach innen gerichtet, von innen zu dir und nicht von außen zu dir. Ihr wollt ein besseres Leben. Habt ihr es? Welches Leben ist besser: Versklavung durch viel Konsum oder ein einfaches Leben? Je einfacher, desto weniger Bedürfnisse habt ihr.

Ich: Und was ist mit dem Forschritt? Sollen wir stehenbleiben? Ich bin froh, dass das Rad erfunden wurde.

E: Fortschritt liegt im Einfachen, um etwas zu erleichtern. Ihr lebt vor allem im Verstand und fühlt euch durch eure Erfolge bestätigt. Ihr habt „alles im Griff". Ihr lenkt euch mit Erfolgen ab und träumt von der Zukunft. Nicht schlimm. Wenn ihr aber durch euren freien Willen in der Bedingungslosigkeit lebt, lebt ihr im wahren Sein, in eurem Paradies.

Doch ihr versklavt euch unbewusst, und das sieht so aus: Was auf der einen Seite Erleichterung ist, ist auf der anderen Seite Verstrickung. Ihr habt im Alltag so viele Erleichterungen, allein schon im Haushalt. Doch sofort steigen eure Erwartungen, wie alles zu sein hat. Diese Verstrickung entsteht oft durch Perfektionismus und durch hohe Ansprüche des Einzelnen oder des Kollektivs.

Hast du mehr Zeit? Eure Zeit fliegt dahin, weil ihr der Zeit hinterherrennt, statt eure Bewusstheit auf das Leben zu richten, so dass die Zeit nur ein Hilfsmittel, ein Begleiter ist. Merkst du, es hängt viel, viel von euren Vorstellungen ab.

Ich frage dich, wo stehst du? Oft gilt bei euch das Motto: „Leben, um zu arbeiten". Nicht schlimm. Lebe einfach in der Achtsamkeit. Frei. Egal, was ihr tut, besinnt euch auf euer Leben in Liebe.

Merkst du jetzt, je weniger ihr euch auf Vorstellungen, wie etwas zu sein hat, programmiert, desto weniger Wünsche habt ihr und desto weniger ist dein Wille gefragt. Der Wille trennt noch.

Ich: Oh, da tut sich langsam wieder ein Tor für mich auf.
E: Ja, du siehst es klar, weil du hier mit beiden Beinen stehst. Weil du durch die Willenlosigkeit nicht orientierungslos wirst, sondern mit deiner Orientierung in der Liebe zu dir stehst. Dadurch wird es für dich nicht bodenlos.

In deinem Paradies ist es vollkommen heil.
Der Himmel und die Erde gleich schön,
weil du es bist,
weil du bei dir bist.

*Der Spiegel unserer Fesseln
sind wir selber.
Die Fesseln knüpfen wir
im Denken durch unsere
Vorstellungen und Vorbilder,
wie etwas zu sein hat.*

*Stell dir vor, wir streiften
die Vorstellungen und Vorbilder ab!
Was ist noch da?
Nichts von dem!
Ha, nur ich.
Wunderbar.
Frei.*

Vorstellung, Verstrickung, Eigenliebe

E: Die Vorstellung ist euer Metier. Hier fühlt ihr euch zu Hause. Warum bist du schockiert und deprimiert, wenn du erkennst, dass deinen Handlungen deine Vorstellungen vorausgehen? Warum?

Ich: Weil ich jetzt erkenne, wie meine Handlungen den Vorstellungen folgen. Mir ist oft nicht bewusst, dass ich bei bestimmten Dingen eine Vorstellung, Befürchtung, Phantasie hatte, beispielsweise „Wenn ich das mache, könnte jenes sein." Jetzt kann ich erkennen. Diese Erkenntnisse sind für mich so bodenlos, weil es mir jetzt ständig bewusst wird.

Ich dachte: „Wie es ist, so ist es." Eindeutig. Aber ich erspüre, dass es überhaupt nicht so wäre, wenn ich nicht so denken würde, weil meine Handlungen dann anders wären. Ich erkenne, wenn ich die anderen lassen würde, wäre vieles viel einfacher. Manchmal ist es so trostlos. Es ist so uferlos. Wo führt das hin?

E: Als Erstes will ich dir sagen, es ist wirklich so: Wie es ist, so ist es. Aber dies gilt immer nur für einen selbst. Du entkleidest nur dich von den Verstrickungen. Mehr ist es nicht. Denk an eine Zwirnrolle, stell' es dir so vor: Du wickelst nur auf, auf, auf.

Ich: Ja, aber wohin?

E: In die Einheit. Wenn du einfach sein kannst, dann ist es für dich einfach. Du redest niemanden mehr in seine Handlungen hinein, bist urteilsfrei. Jedes Werten ist dein eigenes Urteil. Und dann wird es für dich nur schwerer.

Ich: Warum wird es schwerer?

E: Weil du dich mit den anderen befasst. Du bist nicht bei dir. So bist du wieder dabei, dich zu verstricken. Du nimmst dem anderen seine Hoheit, vergreifst dich an seinem Geschenk „Leben" und beeinflusst es nach deiner Wahrheit. Du zwingst jemandem unbewusst deine Verstrickung auf, so dass der andere in der Täuschung handelt und solches Handeln für seine Wahrheit nimmt.

Jeder hat das Recht, seine Erfahrungen nach seinem Willen zu gestalten. Der Sinn eures Lebens ist eure Freiheit des eigenen Willens.

Ich: Aber oft kann man Menschen doch vor solchen Erfahrungen schützen!

E: Wirklich? Das denkst du. Ihr könnt Menschen beeinflussen, sie gefügig machen, zum Funktionieren bringen, sie eurem Willen unterordnen. Durch euren starken Willen kann das gut gelingen. Doch, sind sie dann frei? Frei sein heißt nicht, Pflichten zu erfüllen. Frei sein heißt, *nicht* funktionieren.

Ihr seid es so gewöhnt, andere zu beeinflussen, damit eure Erwartungen und Vorstellungen erfüllt werden, und dabei vergesst ihr, wie ihr andere ihres freien Willens beraubt. Damit legt ihr die Kreativität eurer Mitmenschen, ihr Leben zu gestalten, auf Eis. Nein, ihr begrabt sie! Ihr reagiert und agiert, ihr seid in eurer Verstrickung sehr aktiv – und dann wundert ihr euch, wenn die anderen irgendwann versuchen, auszubrechen.

Der Mensch kennt vor lauter Moral, Vorstellung, Verpflichtung, Leistung sein wahres *Selbst* einfach nicht. Einfach, einfach du selbst sein. Doch die Suche nach dem „Selbst sein" endet dann wieder in neuen Ablenkungen, neuen Ideen und neuen Idolen im Außen. Der Mensch ahnt es, doch sucht er auf Umwegen. Rate mal was? *Sich.*

Zu sich in Liebe stehen, ist die reine, reine Willensbildung. Die Freiheit des anderen achten, ehren, so wie man seine eigene achtet und ehrt – dies ist die wahre Liebe. Die Eigen-Liebe – sich in der Liebe sein Eigen nennen.

Das Wort „Eigenliebe" hat bei euch eine starke kollektive Resonanz. Ihr versteht darunter, nur an sich zu denken. Ja, das schon, aber geh von dieser Vorstellung von Eigenliebe weg. Eigenliebe – denkt sie von innen nach außen. Aber ihr denkt sie von außen nach innen. Doch Eigenliebe ist nicht von äußeren Umständen abhängig.

Das Leben ist nur das Instrument zur Eigenliebe, zur eigenen Liebe. Wenn dir etwas gehört, zu eigen ist, dann gehört es dir. Was gehört dir? Hier? Nur die „eigene" Liebe gehört dir, nur diese Liebe. Diese freie, „eigene Liebe" gestaltest du nach deinem freien Willen. Mehr ist es nicht.

Wäre diese Liebe – deine Grundsubstanz – nicht verstrickt, müsstest du sie nicht entwirren und aufrollen. Und die Bewusstheit dieser fließenden, bedingungslosen Liebe, dieses bewusste Geschehenlassen, rollt alles, alles nach deinem Willen auf.

„Jedem sein eigener Wille" – das sei euer oberstes Gebot.

Ich: Du gibst uns die bedingungslose Liebe als ein Gebot? Ein Gebot ist doch Trennung und Wertung!
   E: Du siehst es so nach deiner Vorstellung. „Gebot" ist auch das Angebot meiner immerwährenden Gegenwart. Ihr seht „Gebot" mit dem Verstand: „du musst", „du sollst". Doch in der Liebe ist „Gebot" ein fließendes Lieben, Lieben, Lieben, das über allem steht.
Weil im liebenden Lieben/im liebenden Leben alles gleich ist.

Frei sein

Frei sein heißt, sich selbst loslassen in die Einheit.
Frei sein ist Glückseligkeit.
Frei sein heißt, dass all deine Anteile, Herzensteile bei dir sind. (Anteile, an die du in deinen Gedanken und Gefühlen anhaftest, von denen du träumst, sind die Herzensteile.)

Ich: Wie kann ich in die Einheit kommen, wenn viele Anteile von mir von anderen Energien gefesselt werden?
E: Frei sein ist, das Loslassen zu erfahren, die Verstrickungen des Herzens aufzulösen, zu entknoten.
Frei sein ist die freie Entfaltung der Herzensliebe, das Loslassen in die Freiheit. Frei sein ist, von der Verstandesebene aus gesehen, Angst vor Zügellosigkeit, Angst, aus den Fugen zu geraten.

Du kannst die Fesseln nicht mit Gewalt, mit Härte, mit Ego-Willen zerreißen, sondern nur in Liebe lösen. Das geht nicht mehr auf der Verstandesebene. Bei dieser Lösung greift nur die reine Liebesschwingung – Gott.

Ich: Bitte führe mich.
E: Die Handlungen bleiben gleich, doch das Bewusstsein ist anders – in Liebe. Nur so kann Heilung von Körper, Geist und Seele geschehen. Auch wenn die Handlung im Alltag gleich aussieht, kommt sie in eine andere Ebene – in die Freude, in die Liebe. Das ist ein Segen für alle.

Sich in die Freiheit trauen bedeutet, Mut haben zum „Loslassen", Mut, sich etwas aus den Händen nehmen zu lassen und es in die

Göttlichen Liebeshände zu geben. Frei sein bedeutet, sich dessen bewusst zu sein: „Ich habe es nicht mehr in meinen Händen." Die Unsicherheit und die dann folgende Angst werden nur durch reines Vertrauen, durch die vollkommene Hingabe an Gott in dir, besiegt.

Ich: Was soll ich also tun?
E: Bewusst loslassen – frei lassen – verursacht keinen Schmerz. Frei sein bedeutet, frei sein von der Angst, Bindungen aufzuheben. Ihr habt kein Recht, euch Urteile zu bilden. Mit diesen Urteilen verstrickt und fesselt ihr euch selbst.

Du bist nur präsent, wenn du ganz bei dir bist, wenn all deine Anteile in meiner Einheit sind. „Ich und der Vater sind eins." Voraussetzung dafür ist, dass du nicht zerrissen bist; dass du sagen kannst: Herr, nimm mich ganz.

Ich: Wie denn, wenn ich zerrissen bin?
E: Frei sein bedeutet loslassen – nicht anhaften. Dann sind Seele und Persönlichkeit in Übereinstimmung – in der Einheit.

Kapitel 2
Beziehungen, Familie und Emotionen

Familie

Ich: Was hat es mit der Familie, der Ursprungsfamilie auf sich?
E: Familie ist ein Bund. Ihr seid in eine bestimmte Familie hineingeboren.

Ich: Haben wir sie selbst ausgesucht?
E: Ja, aber nicht nach euren Vorstellungen. Hier wirken etliche Faktoren zusammen, z. B. euer Karma, euer Entschluss, eure Bewusstseinsebene, eure Vorsehung und so weiter. Die Familie dient dir als großes, als intensives Übungsfeld. Deine Familie gibt dir die intensivste, direkteste Schulung deines wahren Selbst – sie spiegelt dir deine Verstrickung. Hier, in dieser Familie, habt ihr die besten Möglichkeiten, euer Herz zu öffnen, zu öffnen, zu öffnen – oder es im Verstand zu brechen. Mit der Familie seid ihr mit der lebensnotwendigen Flüssigkeit Blut verbunden.

Ich: Mit anderen Menschen wohl nicht?
E: Doch, doch. Jedoch in eurer Familie seid ihr mit dem Lebenselixier verbunden, das euch hier mit feinstofflichen und grobstofflichen

Faktoren, mit dem Magnetismus des Planeten, des Herzöffnens oder des Verstrickens bindet. Diese Verbindung, diese Konstellation gilt für euch nur hier, für diesen Planeten.

Ich: Warum ist das so?
E: Weil ihr den freien, freien Willen habt.

Ich: Wenn ich aber in eine Familie mit strengen Regeln geboren wurde, was ist da frei?
E: Ja, so seht ihr es. Ihr habt immer die Möglichkeit, euch daraus zu erheben. Wenn ihr euch wirklich *in* euch erhebt – in die Liebe erhebt.

Ich: Warum ist diese Erkenntnis für viele Menschen so schwer?
E: Das denkst du. Sehr viele Menschen leben ent-strickt, ent-larvt. Sie erkennen es zwar nicht, aber sie leben es selbstverständlich, denn es kommt nur auf die Handlungen an. In dieser Einfachheit liegt euer wahres Sein. Warum jeder dort ist, wo er in diesem Spiel ist, das funktioniert nach den Spielregeln von „Ursache und Wirkung".

Nehmt euer Leben doch leichter. Wie schon so oft gesagt: Familie ist ein Üben in der Bedingungslosigkeit, sonst könntet ihr nicht überleben. Es ist nicht berechnend, und wenn es doch im Verstand verstrickt ist, so nimmt das Ersticken der Liebe in euch seinen Lauf. Eure Familie ist die intensivste Zelle, das Organ, der Puls, um euch in bedingungsloser Liebe zu üben – oder in der Verstrickung zu leben. Sehr einfach. Es liegt an euch. Mit der göttlichen Hingabe für euch, in euch stehen euch weitreichende Möglichkeiten offen.

Ich: Wie kann ich mich auf gute Weise abgrenzen?

E: Steht ihr in der Liebe, gibt es keine Abgrenzung. Die Abgrenzung kommt durch eure Vorstellungen. Wenn ihr in der Liebe steht, fließt alles, und es gibt und braucht keinen Schutz, keine Mauer, keine Tür.

Ich: Aber dann ist es doch leicht, denjenigen zu benutzen, auszunützen?

E: Wenn das so ist, dann hast du vergessen, ganz natürlich in dir zu stehen, bei dir zu sein. Dann fehlt eine natürliche Sache: die Liebe zu dir, dein natürliches, beschützendes Halten, dein Stehen in der Liebe. Ihr lebt in einer kollektiven Täuschung von „Liebe", in dem, was ihr für Liebe haltet. Diese Art von Liebe ist ein reines Ablenken, ihr sucht diese Liebe in der Bestätigung von außen.

Ich: Wie wäre es, sich zu verschließen, sich in sich zurückzuziehen?
E: Das Gleiche wie eine Mauer bauen. Warum?

Ich: Was kann ich denn dann tun?
E: Gehe einfach von der Vorstellung weg, was „Familie" zu sein hat. In der Liebe ist alles, alles ausgeglichen. Es ist im Lot, in der Waage; es ist die Freude eines ganz selbstverständlichen Fließens, Kommens und Gehens. Das Fließen der Liebe ist ausgewogen. Es ist ein Geben und Nehmen, unabhängig von Bestätigung und Verpflichtung. Ist die Sache nicht ausgewogen, steht der Bund, die Gemeinschaft, die Seelenverwandtschaft nicht in der Liebe, sondern im Verstand, berechnend, auf ewig schlechtem Gewissen gründend, aus Verpflichtung handelnd. Wo ist hier Freiheit?

In eurer Familie, eurer Verwandtschaft findet ihr die Seelen zu eurer direkten Begleitung, zu eurer Entdeckung, zu eurer Verwandlung, zu eurer Verstrickung – oder zur Verwirklichung eures Seins auf diesem Planeten. Verwandtschaft bedeutet, eine kurze Zeit mit Seelen auf diesem Planeten im Bund zu wandeln. Verwandtschaft ist eine Gelegenheit, dich zu entwickeln – trotz der täuschenden Handlungen, die du bei anderen erlebst.

Verwandtschaft ist, die anderen in ihrem freien Willen zu lassen und sie trotz ihres Denkens und Handelns bedingungslos anzunehmen – das ist eine intensive Herausforderung eures Lebens. Ihr seid in Verstrickung auf die Erde gekommen, je nach eurem Karma. Ihr seid hier, um euch aus diesen Verstrickungen zu lösen, euch zu verwirklichen, eurer wahres Selbst zu entdecken.

Ich: Heißt das, ich soll mich von der Familie, von der Verwandtschaft lösen?
E: Ja, aber nicht trennen, sondern die Verstrickungen lockern, loslassen, lösen. Steht frei in Liebe zusammen, so dass es ein fließendes Lieben ist. Fließendes Lieben ist offen, trennt nicht, zieht keine Grenzen – und es entspricht auch nicht deiner Vorstellung.

Ich: Es sollten aber alle in der Familie dazu bereit sein!?
E: Nur du.

Ich: Wie denn? Wie soll das funktionieren?
E: Wenn du mit dir, mit deiner Liebe gesättigt bist, fließt sie über. Durch den Äther wird sie von anderen Seelen aufgenommen. Ihr sprecht dann von „Segen für alle". Eure Liebe öffnet das Herz der anderen. Eure fließende Selbstverständlichkeit ist dann ein selbstloses Stehen in der Liebe, ein Wirken, Wirken, Wirken.

Ich: Wenn aber andere Familienmitglieder andere Vorstellungen haben?

E: Dann höre gut hin und wäge für dich ab, nur für dich. Es geht um dein Leben. Stehst du in der selbstlosen Liebe, bist du im Gleichgewicht und weder in der Opferrolle noch in der Täterrolle.

Lass dem anderen seine Vorstellungen. Er hat sie nur, weil du über andere auch feste Vorstellungen hast, darüber, wie das Außen sein soll.

Geh nach innen – und die Wandlung vollzieht sich in der Familie, in der Verwandtschaft, in deiner Umgebung. Dann gibt es keinen Unterschied mehr zwischen euch. Schon gewusst? Deine innere Freiheit ist grenzenlos. Zwinge dir und den anderen nichts auf, dann lockern auch sie ihre Verstrickungen. Deine Vorstellungen über andere tragen zu den Verstrickungen des Familienbundes bei.

Merke dir: Die Vorstellungen sind Versklavungen. Durch die Vorstellungen, in den Vorstellungen, wie etwas zu sein hat, gibt es viele Sklaven. *Ent*wicklung und *Auf*geschlossenheit geschehen genau dort, wo ihr steht. Lieben könnt ihr überall, warum nicht dort, wo ihr steht? Die Liebe hat viele Wege, sich zu entwickeln, sich auszubreiten. Gebt euch dem Göttlichen hin, dem Besten, dem höheren Selbst, und es wird im Bund geschehen – in Liebe und ohne Narben.

In der Liebe gibt es keine Narben, Ecken und Kanten.
Es ist ein Fließen, ein Ausfließen, ein Überfließen.
Ja, das ist das Meer. Das Meer der Liebe. Es ist unaufhaltsam.

Ich: Wie ist es mit der Rolle von Mann und Frau?
E: In der gegenseitigen Achtung, im Respekt gegenüber der Hoheit des freien Willens, in der Liebe sind keine Rollen nötig. Hier ist keine Not, um Rollen zu pflegen. Rollen und Regeln (also ein äußerer

Rahmen) sind dann notwendig, wenn ihr noch Richtlinien zu eurer Entfaltung braucht (beispielsweise das Ehegelübde). Rollen und Regeln sind vorübergehende Orientierungshilfen, mehr nicht.

Bleib nicht in den Rollen stehen, halte sie nicht fest, sonst sind es Fesseln. Hafte nicht daran, gehe weiter zu deiner freiwilligen Freiheit. Rollen dienen der Ordnung, sie geben Orientierung, Schutz.

Bei Heranwachsenden ist die Familie der Garten, in dem Seelen die Grundlage zum Gedeihen bekommen.
Im reifen Leben sind es die eigenen Handlungen, die den Garten Eden gestalten.
Im ausgereiften Leben ist der Garten Eden ein Liebestraum.
Nach dem Tod war es nur ein kurzer Ausflug in eine Form „Leben".
In Liebe gehandelt, ist der Garten Eden für immer und ewig.

Wie sieht euer Garten aus?

*Die Familie ist die intensivste Zelle,
um euch in bedingungsloser
Liebe zu üben –
oder in der Verstrickung zu leben.*

Beziehung

E: Wenn ihr die Bedingungslosigkeit zu euch selbst, zu eurem Partner und zu anderen lebt, ist das die Freiheit, das Paradies. Doch durch Maßlosigkeit und Dogmatismus fallt ihr aus dem Gleichgewicht, egal, was ihr euch im körperlichen und geistigen Bereich damit antut. Das schwächt, und ihr werdet krank.

Im Stand der Bedingungslosigkeit und der Liebe seid ihr mit euch und anderen achtsam, einfühlend, wohlwollend (durch den Verstand dringend), verständnisvoll. Da greift keine verstandesmäßige Vorstellung von Gelübde, Treue und Pflicht. Ihr lebt im „Einklang".

Lebt in der liebenden Einheit von Körper und Geist und Seele. Dann ist es eine gegenseitige Hingabe der Partner im Göttlichen. Dann ist es der Himmel auf Erden. [*siehe auch „Last – Lust"*]
Seid ein Beispiel in eurer „Mission" Liebe. Euer Handeln hat Einfluss auf die Gemeinschaft!
„Wenn du die Welt verändern willst, dann fange bei dir an."
(Mahatma Gandhi)

Seht Schwierigkeiten mit Menschen, ob in der Partnerschaft, am Arbeitsplatz oder anderswo, als gegenseitigen Reifungsprozess. Die menschliche Liebe, als Edelstein von Schwierigkeiten geschliffen, wird zum klaren Diamanten der Göttlichen Liebe. Mit einem Gelübde, mit einem Trauschein, sind viele eher bereit, das „Schleifen des Diamanten" zu vollziehen.

Lauft ihr aber davon, nehmt ihr eure Muster (den Mangel an Eigenliebe, die Erwartungen) mit. [*siehe auch „Verlassen werden"*] Ausreißen,

Verdrängen, Zudecken, auch das ist eine Antwort auf das Leben. Doch es holt euch ein.

Schon gewusst? Die Erde ist rund. Es gibt kein Entrinnen. Irgendwann stellt ihr euch der Situation – irgendwann. Warum nicht gleich? Ihr braucht nur die Wolken wegzuschieben. Stellt euch – steht zu euch. Egal wann, aber es ist irgendwann.

Ihr flüchtet, weil ihr glaubt, gescheitert zu sein. Eure festgefahrenen, verstrickten Vorstellungen, wie etwas zu sein hat, wie der andere zu sein hat, geben euch das Gefühl des Scheiterns. Werden eure Erwartungen nicht erfüllt, geht ihr als „Gescheiterte" mit euren illusorischen Vorstellungen in die nächste Beziehung. Ihr „bezieht" euch mit der nächsten Erwartung. Nicht schlimm.

Ihr deckt euch weiter und weiter zu. Das reicht euch oft noch nicht, und ihr schüttet euch mit vielerlei Ablenkungen zu. Warum? Ihr habt Angst, Angst, Angst. Ja, das Unbekannte macht oft Angst. Unbekannt ist euer „Selbst"! Euer Edelstein ist zugedeckt und zugeschüttet bis zur Unkenntlichkeit. Der Edelstein ist verschollen.

Jeder jedoch erahnt die tiefste Wahrheit. Der kürzeste Weg zum Auf-decken, zum Ent-schlüsseln ist der Weg nach innen. Es ist der Weg, in die Bedingungslosigkeit zu sich zu gehen. Sich im Augenblick als liebendes Geschenk zu erkennen und sich anzunehmen. Die Vergangenheit zurückzulassen. Das ist für euch der schwerste Schritt.
Schließt die Vergangenheit willentlich mit Vergebung und segnenden Gedanken ab. Es liegt an jedem selbst. Tut euch Gutes. Seid in der liebenden Einheit von Denken, Wollen, Glauben. Schaut nicht zurück. Der Weg, das Ziel ist Jetzt, im Augenblick.

In einer Partnerschaft geht es nie, nie um verstehen, sondern um lieben, lieben, lieben.

Für das Verstehen seid ihr, beide Geschlechter, auf der emotionalen Ebene zu unterschiedlich. Erspürt eure intuitive Empfänglichkeit. Ihr könnt euch, Gott nur im anderen erkennen – durch eure Empfänglichkeit und nicht durch eure intellektuelle Einstellung, die oft fordernd ist.

In der wahren Liebe kommt die Vernunft zum Schweigen. Mit Selbstsucht, Berechnung, vernunftgesteuerter Haltung, mit Besitzdenken bleibt ihr in einer Beziehung an der Oberfläche. Um den anderen zu ergründen, zu erfassen, lasst das aggressive, selbstsüchtige „Ich" zurück. „Das Beste soll für mich und den anderen geschehen" – in dieser Bewusstheit liegt das Fundament einer Beziehung, einer Ehe, einer wahren Freundschaft, die von Achtung, Anerkennung, Güte, Treue und bedingungsloser Liebe getragen ist.

Eure Individualität müsst ihr nicht aufgegeben. Ihr braucht sie nur auf die des anderen abzustimmen, wie unterschiedliche Saiten auf der Gitarre: Verschieden klingen sie und doch harmonisch, im Einklang, in der Einheit.

Jeder ist in seiner Individualität einmalig – unterschiedlich – gleich im Einklang. In dieser vereinigenden Selbstlosigkeit der Liebe ist es das reine Verschmelzen mit dem Göttlichen im Göttlichen. Das ist die Entfaltung im Ganzen, in Gott, im Paradies – in Liebe.

In Liebe denken.
In Liebe wollen.
In Liebe handeln.

Das ist die stärkste, magnetisierende, heilende Kraft des ganzen Universums.
Sie steht dir grenzenlos zu Verfügung.
Bediene dich.
LIEBE.

In der bedingungslosen Liebe
gibt es keine Narben,
Ecken und Kanten.
Es ist ein Fließen,
ein Ausfließen,
ein Überfließen
Ja, das ist das Meer
der Liebe.
Es ist unaufhaltsam.

Sexualität

Ich: Warum ist so viel die Rede von der Liebe und so wenig von Sexualität?
E: In euren Vorstellungen und Träumen auf eurer Suche nach Liebe legt ihr auf die Sexualität ein enormes Gewicht. Seht Sexualität als etwas Normales, Gleiches an. Seht es als so normal an wie das Bedürfnis nach Essen und Trinken in Liebe. Der Lebenserhaltungstrieb und der Zeugungstrieb sind die beiden stärksten Triebe; also sind sie Bedürfnisse des Menschen, die befriedigt werden wollen.

Wie immer: Auch in der Sexualität ist der Augenblick entscheidend. Alles andere ist Phantasie, Verstrickung usw. Mach es dir einfach: dein Bedürfnis im Augenblick. Du willst ein Urbedürfnis stillen, verstrickt mit dem Bedürfnis nach Liebe. Fülle dich, beschenke dich mit deiner Eigenliebe und „iss nur gut". Mehr ist es nicht. Ganz einfach. Denke nicht, fordere nicht, verknüpfe dein körperliches Bedürfnis nicht mit Bedingungen an andere, sondern liebe dich. Stille dein Bedürfnis aus der Liebe zu dir mit dem anderen.

Ihr gebt dem Besonderen natürlich besondere Aufmerksamkeit; ihr pflegt es und grenzt es als Besonderheit ab; ihr hebt es aus der Ganzheit heraus. Ihr verbindet die Kostbarkeit dieses Besonderen mit Erwartungen, Bedingungen, Vorstellungen – und so entsteht Abhängigkeit, Enttäuschung.

Euer Traum – der Traum von der Prinzessin, vom Prinzen – will erfüllt werden, und damit beginnt der Albtraum für dich und den anderen. Der Traum vom Schloss wird zum Albtraum eines goldenen Kerkers. Aber wozu braucht es Gold? Es fehlt doch eigentlich an nichts! Ja, an nichts – außer an deiner willentlichen und liebenden Freiheit zu dir selbst.

Beobachtet euch. Es ist ein großer Unterschied, ob ihr mit euren Bedürfnissen bewusst in Liebe zu euch umgeht oder ob ihr euch „unbewusst" steuern lasst. „Lebe ich mein Leben oder lasse ich mich leben?" Das bedeutet nicht, die Sexualität zu unterdrücken oder zu verdrängen, sondern anzunehmen und willentlich eure Eigenliebe zu leben.

Der Wille ist eure Allmacht. Wenn ihr dies erkennt, werdet ihr frei, frei, frei.

Ich: Was soll ich also tun?

E: Nur die Bewusstheit hinter das setzen, was du willst, und entsprechend denken, wollen und daran glauben, dann wird es geschehen. Geht in der Sexualität wirklich von euren Vorstellungen, Zwängen und Ängsten weg. Sucht in euch bewusst das Göttliche, knüpft an das höhere Selbst an. „Das Beste soll für mich geschehen" – und es wird geschehen.

Ich: Warum wiederholst du dich?

E: Weil das Thema Sexualität bei euch eine sehr starke kollektive Resonanz hat, mit entsprechenden Erwartungen und Forderungen, mit entsprechendem Pflichtbewusstsein. Eure Sexualität knebelt die Liebe.

Viele, viele Menschen glauben irrtümlich, sie könnten ihre Sehnsucht nach Liebe mit sexuellen Beziehungen stillen. [Mehr dazu im Brief „Verlassen werden"] Durch ihre vielen Verstrickungen kommen sie nicht auf die Idee, dass die Sättigung ihres Liebesbedürfnisses in ihnen selbst liegt, dass sie in der Liebe von niemandem abhängig sein müssen.

Sich selbst erfahren, erleben, entdecken, sich selbst lieben: Das ist das größte Geschenk, die größte Errungenschaft. Dies erhebt euch zu eurem Menschsein, zu eurer Allmacht, zu eurer Göttlichkeit, zum LEBEN.

Ich: In der Bewusstheit der Liebe bin ich in mir frei, ohne Anhaftung und Verstrickung. In der Bewusstheit der Liebe nehme ich mich bedingungslos an. Ist das nicht wunderbar?
E: Ja, du bist ein Wunder in der Welt der Wunder. Wie schon am Anfang gesagt, es ist alles gleich. Entscheidend ist die Bewusstheit, entscheidend ist der Wille. Auf was legst du den Schwerpunkt? Was willst du im Augenblick? Zum Beispiel Wein zum Essen trinken oder Wasser? Nur die Konsequenz kann eine andere sein. Es liegt an dir, an deinem Willen. Du hast alles in der Hand. Sieh die Sexualität als gleichwertig an.

Ich: Hat alles in mir die gleiche Bedeutung, nur mit unterschiedlichen Wirkungen?
E: Je höher der Bewusstseinszustand, desto mehr kommt die Sexualität in die Gleich-Gültigkeit – und damit in die Leichtigkeit, in die Bewusstheit, in die Neutralität. Die Antwort liegt in dir. Je mehr du bewusst im Stand der Liebe bist, desto mehr werden deine Vorstellungen zur Sexualität ent-deckt, aufgedeckt. Liebe einfach nur, und es ergibt sich alles.

Die Menschen denken, durch Freizügigkeit in der Sexualität könnten sie sich verwirklichen. Sie erliegen der Täuschung und merken nicht, dass sie sich durch ihre willenlose Zügellosigkeit treiben und versklaven lassen. Beobachtet euch. Seid ihr glücklicher? Willentlich den Sexualtrieb lenken, leiten, führen ist ein Hineinführen in die Freiheit.

Ich: Wie soll das funktionieren?
E: Indem ihr die Wichtigkeit, die besondere Bedeutung wegnehmt. Und indem ihr entsprechend denkt, wollt und glaubt, dass es so ist. Seid euch bewusst, die Allmacht liegt in euch.

Wisst: Durch euer Denken, Fühlen, Handeln könnt ihr euch willentlich steuern. Dem Fühlen und Handeln gehen die Gedanken (oft Phantasien, Vorstellungen und Gewohnheitsmuster) voraus. Allein diesen Mechanismus zu durchschauen nimmt euch das Gefühl der Ohnmacht und lässt euch in die Allmacht eures „Ichs" wachsen.

Alles, dich, auch das Geschenk der Sexualität in den Stand der bedingungslosen Liebe zu erheben, bedeutet Vereinigung im „Sein", Vereinigung im Augenblick. Es ist die Vereinigung im Göttlichen. Es ist wie immer gleich, nur anders. *Du* schaffst dein Paradies.

Es geht um die Bewusstheit: Zur Liebe bedient ihr euch der Sexualität. Oder: Zur Sexualität bedient ihr euch der Liebe.

Ich: Inwieweit unterscheidet sich dieses?
E: In der Bewusstheit liegt der Unterschied. Ersteres stärkt die Eigen-Liebe, ihr seid *bewusst* im Sein.
Das Zweite betont die Sexualität, stärkt das Ego, laugt euch aus, und ihr seid in Erwartungshaltung.
Ich: Wertest du da nicht?
E: Nein. Du fragst mich. Du kannst wählen. Du hast die freie Wahl. Sexualität gehört zum physischen Körper, der durch Hor-

mone und so weiter Euphorie auslösen kann. Doch die Liebe ist die Nahrung der Seele. Die Liebe pflegt das „Heil sein". Die Liebe nährt die Gefühlsebene.

Ich: Klingt etwas kompliziert.
E: Es ist einfach. Setze deine Bewusstheit nur für das ein, was du willst.

Ich: Kannst du mir ein Beispiel geben?
E: Beim Thema Rauchen ist es leichter nachzuvollziehen. Raucher holen sich beim Rauchen kurz das Gefühl der Entspannung, der Leichtigkeit, des Freiseins. Sie tun es mit Genuss. Sie wissen, dass sie sich immer mehr verstricken und abhängig machen. Mit einem bewussten, starken Willen, der in der Bewusstheit der Liebe zu mir leben will, können sie das Rauchen loslassen.
In der Bewusstheit hast du die freie Wahl. Es ist gleich, ob das Rauchen beendet wird oder nicht. Nur die Konsequenzen können anders sein. Du entscheidest.

Ich: Ich spüre, ich muss das erst einmal wirken lassen.

Stunden später frage ich noch einmal nach.

Ich: Wir haben in unserer Gesellschaft doch eine Vorstellung von Sexualität, die mit Vereinigung und Vollendung in der Liebe einhergeht. Was ist mit der Moral?
E: Ich habe dir von Anfang an gesagt, es geht immer nur um dein Leben. Es ist, wie du es sehen willst. Vollendung bedeutet: Du bist in dir schon heil! Vereinigung bedeutet: Es liegt an deiner Bewusstheit, wie du es sehen willst, was du daraus machen willst.
Es gibt nichts Falsches. Noch einmal anders: Sei dir bewusst, was

du willst, und lass es geschehen. Erhebe dich, ergebe dich bewusst in dein Wohl. Er-gebe dich: in dich – für dich – für mich.

Geh von deinen Erwartungen weg. Versklave deine Mitmenschen nicht mit Verantwortung, Pflicht, Druck. Lass die anderen in Liebe frei. Jeder will so frei sein wie du. Atme deine Luft, nimm dir deinen Himmel, erlebe dein Paradies, frei.

Ich: Jetzt verstehe ich: Ich muss mich nicht neu auf einen Menschen einstellen. Ich kann mich an ihm neu erfahren, ganzheitlich.

E: Wenn du die Erfüllung deiner Bedürfnisse an Bedingungen und Erwartungen an andere knüpfst, bis alles so ist wie du es willst, wirst du die Erfüllung deiner Bedürfnisse nicht erleben. Das ist die absolute Verstrickung mit dem anderen. „Wenn ... dann ..." Das ist der Mechanismus von Opfer und Täter, weit weg von deiner Bedingungslosigkeit. Das ist ein ständiger Probelauf, deine Bedürfnisse zu stillen.

Doch der Versuch, deine Bedürfnisse von außen zu stillen, kann nicht gelingen. Immer und immer wieder klingt der Wunsch nach, bleibt die Sehnsucht. Und ihr seid vom anderen frustriert, enttäuscht, und dieser Frust zieht sich durch euren Alltag, durch all eure Lebensbereiche.

Steht auf, und ihr seid befreit in der Liebe zu euch selbst.

Verlassen werden

Viele Menschen kommen zu mir mit ihrer Angst verlassen zu werden. Ich stimmte mich also auf das Thema „Verlassen werden" und „Enttäuscht werden" ein. Die Einheit (E) gibt mir zu erkennen, „Verlassen" bedeutet im Wortsinn, einen Ort zu „verlassen", aus einer Situation wegzugehen. Im übertragenen Sinn meint es, sich auf jemanden zu verlassen. Dabei gebe ich den zu erfüllenden Teil an andere ab (ohne Wertung).
„Ver" meint: Ein Punkt ist erreicht, an dem eine Änderung eintritt (verlieren, verlieben, verlaufen usw.). „Lassen": Es geschieht etwas im Fließen.

E: Ihr verlasst euch im Leben gern auf andere. Der Partner soll den fehlenden Teil in euch füllen, eure Sehnsucht stillen, der Partner soll euch ergänzen. Das ist die Illusion – denn in euch seid ihr schon ganz. Die Sache beruht also auf einer Täuschung. Nur zu zweit oder in der Gemeinschaft wäret ihr glücklich – so ist euer Bewusstsein.

Verlassen werden bedeutet für euch: Der Teil, den ihr vermeintlich für eure Ganzheit braucht, fällt weg, und es entsteht das mehr oder weniger beklemmende Gefühl „Angst". Diese Angst des Verlassenwerdens hat ihre Wurzeln immer in eurer Kindheit. Im tiefsten Inneren eines jeden Menschen liegt das Urbedürfnis, geliebt zu sein. Der Mensch erfährt, dass er die Hilfe eines anderen, einer Bezugsperson braucht, um überleben zu können. Genau hier, wenn dieses Grundbedürfnis mehr oder weniger mangelhaft befriedigt wurde, wird der Grundstein der Angst gelegt – Überlebensangst, Verlassensangst, Einsamkeit. Mit diesem Muster gehst du weiter durchs Leben, in der Hoffnung, dass ein anderer dir zu deinem Glück, zu deiner Zufriedenheit verhilft. Und die Erfahrung eurer Ängste aus der Kindheit wandert und wächst mit.

Das Muster – die Hoffnung auf etwas Besseres, Schöneres, Leichteres – verspricht euch wahres Glück, doch das ist eine Illusion.

So lebt ihr weiter in dieser Täuschung, in den gewohnten Erwartungen an andere, und handelt und urteilt entsprechend. Täuschung deshalb, weil ihr eure Kindheitserfahrung ins Erwachsenenalter mitnehmt. Doch nur im Bewusstsein dieser Täuschung könnt ihr verlassen werden. Nur dann kann das Verlassensein schmerzen – Angst machen.

Teile in dir, die noch wenig oder noch nicht bewusst entwickelt sind, hast du an andere abgegeben. Diese Teile liegen dann in der Obhut anderer, in der Erwartung, dass sie damit optimal umgehen mögen. Somit setzt du große Erwartung in andere und machst dein Glück davon abhängig. Die Folge ist: Du bist leicht verletzlich, und du bist immer wieder enttäuscht, wenn deine Erwartungen nicht erfüllt werden.

Aus dieser *Ent-Täuschung* heraus isolierst du dich und vereinsamst in deinem Innersten immer mehr. In dem Bewusstsein aber, dass alles in dir angelegt ist, bist du von Grund auf heil, und die Täuschung fällt weg.
Ent-täusche dich, und du entdeckst dein wahres Selbst. So wirst du mit dir immer authentischer. So weißt du, dass du von keinem Menschen verlassen werden kannst. Der Teil, der dich scheinbar verlässt, den du zum Leben brauchst, ist schon in dir. Somit liegt das Glück in dir.

Lass den schlummernden Teil in dir sich entwickeln: durch bewusste Selbst-Wahrnehmung durch Eigenliebe durch eigene Wertschätzung. Dann erinnern dich Schwierigkeiten und Kritik als gutes Übungsfeld an das „Heil werden", und du kannst Handlungen, die auf

Enttäuschung beruhen, ablegen.
Im Bewusstsein zum Glück brauchst du nur dich. Herrlich, wunderbar! Du bist nicht mehr abhängig von Stimmungen, Meinungen, Gefühlsausbrüchen anderer. So kannst du immer mehr in die bedingungslose Liebe gehen.

Merkst du, so weicht die Angst. Das schwere Gefühl im Solarplexus und im Brustkorb lässt nach. Die Gewissheit, dass du dich aus der Resonanz der Angst und von deinem versklavten „Ich" selbst befreien kannst, lässt deinen Geist erheben. Ihr habt euer Schicksal in der Hand. Die Voraussetzung dafür ist, auch die Vergangenheit loszulassen, zu vergeben und im dankbaren Bewusstsein, dass du bist und wie du bist, auf Erden weilen darfst.

Ich: Ich ver-lasse mich auf Gott. Ich begebe mich bewusst mit freiem Willen in seine Obhut, in seine Allmacht. In unserer Ganzheit sind wir mit allem verbunden. Die Ängste sind es, die uns trennen. „Ich bin Teil der Schöpfung."

Es wird mir immer bewusster: Überall ist Ewigkeit. Ich bin im Kreis ohne Anfang und Ende. Hier in der Ewigkeit – die Erde ein kleiner Durchgang, ein Schleifstein auf dem Weg zur Glückseligkeit.

Ich denke auch: Immer tiefere Erkenntnis zu bekommen ist Gnade.

Diskussion – Streitgespräch

E: Bei euren Diskussionen wird im Verstand geredet. Ihr lasst das Gesagte nicht wirken, ihr zerredet es. Das Urteil ist schon vorgefertigt. Ihr habt damit zu tun, mit eurer vorgefertigten Meinung durchzukommen, als Sieger herauszukommen. Ein echter Austausch kann aber nur im Hören stattfinden, im Innehalten, im sich Öffnen, im Erfahren. Nehmt eure Emotionen heraus. Lasst doch ein Thema wirken, wirken, wirken.

Jeder hat seine eigene Wahrnehmung und deshalb seine eigene Sichtweise. Ihr versucht mit größter Anstrengung, euch über den Verstand mitzuteilen. Das nennt ihr sogar Redekunst. Der brillante Redner ist der, der euch ganzheitlich überzeugt, oft ohne dass ihr dabei überlegt. Dann sagt ihr: „Das ist ganz meine Meinung, er spricht mir aus der Seele." Entweder hattet ihr seinen Standpunkt schon vorher verinnerlicht (solch vorgefertigte Meinung muss nicht schlecht für euch sein). Oder der brillante Redner eröffnet euch neue Erkenntnisse, die ihr nachempfinden könnt (auch diese können gut für euch sein). Ich sage dir, es ist alles, alles gleich. Nur die Auswirkungen auf euer Leben, die Konsequenzen können unterschiedlich sein.

Lass dir raten: höre, höre, höre. Gehe nicht in Resonanz. Jeder hat mit seiner Sichtweise für sich recht. Verweile, verweile – und entscheide für dich, nur für dich. *Es geht immer nur um dein Leben.*

Wie gesagt, ihr könnt diskutieren, aber so bleibt es oberflächlich, es bleibt beim Bereden. Die Sichtweise des Einzelnen besteht aus seiner eigenen Erfahrung, seiner Erinnerung. Also hört zu, lasst es wirken und entscheidet für euch. Nur in eurer eigenen Bewusstheit, durch das In-sich-hören, kann die Einheit von Denken, Wollen, Glauben reifen und reife Frucht bringen. So lebt ihr das Leben und werdet nicht gelebt.

Reifen setzt ein bewusstes Leben voraus. Das ist nur möglich, wenn ich überzeugt von etwas bin, es auch will und daran glaube. Also, was braucht ihr Zerredungskünste! Ihr bekommt so viele Informationen, die ihr bewusst filtert. Doch die unbewussten, subtilen Eindrücke sind es, die euch verstricken und eurer Seele das Gefühl des Erstickens geben.

Ihr seid in einem Schraubstock und merkt es gar nicht und könnt euch die damit verbundenen beklemmenden Gefühle nicht erklären. Der Verstand „versteht" ja alles. Die Seele jedoch möchte im Stand der Liebe weilen. Das Ausbrechen aus der Kollektivresonanz des Verstandes ist sehr, sehr schwer für euch, weil die persönliche Erkenntnis durch das starke Kollektiv geblendet ist. Vor lauter Blendung merkt ihr nicht, dass ihr die Sonne nicht mehr seht.

Halt inne, beobachte dich.
Sei dir gewahr in deiner Wirklichkeit.
Nur bewusst denken, wollen, glauben.
„Das Beste soll für mich geschehen."

Ich: Wie soll das geschehen?
    E: Mach dir keine Vorstellung! Du willst das Beste, und es wird geschehen. Loslassen, locker lassen, lösen.

Ich: Warum kam ich in so einer Diskussion in die Opfersituation? Du weißt es.

E: Ja, es war für dich ein Beispiel, wohin du dich mit Diskussionen manövrierst. Sobald einer eine andere Bewusstheit in sich hat (das ist meistens so), redet ihr aneinander vorbei. Aneinander vorbeireden bedeutet Reibung. Diese Reibung könnt ihr euch sparen, weil ihr so auf keinen grünen Zweig kommt. Der Zweig wird niemals grün.

Beobachte dich! Diskussionen führen oft zu Streitgesprächen, wenn nicht beide im Licht stehen können, nicht in der Liebe fließen können. Zurück bleibt der Schatten. Willst du das? Ist dir das die Schattenbildung wert?

Je größer der Schatten, desto dunkler dein Leben in der Schattenseite. Hast du vergessen? Du bist auf dem Lichtweg! Warum tust du dir das an?

Gestehe jedem seine Meinung zu. Er hat ein Recht darauf, so wie du. Das ist Freiheit. Alles und alles ist gleich, gleich, gleich.

Wäge nur für dich ab, was du denken willst, was du glaubst, und handle. Setze alles in den Stand der Liebe – setze dein Leben in den Stand der Liebe. Damit rettest du dich, nur dich, denn hier auf dem Planeten geht es nur um dich.

> Rette dich in Liebe,
> so rettest du in Liebe
> die Welt.

Einsamkeit

Ich: Was ist Einsamkeit?
E: Einsam sein – Eins sein. Im Bewusstsein sammelst du deine Teile ein. Doch deine Einheit ist zugeschüttet, und du denkst, dir fehlt etwas. Du fällst in eine Leere, in ein Loch. Um dieses illusorische Loch zu füllen, gehst du zwei Wege. Entweder lenkst du dich ab oder du gehst in die Traurigkeit. Wo bin ich dann für dich?

Ich: Was meinst du damit?
E: Du kannst jetzt sagen, Gott ist überall. Das stimmt. Aber in dem Moment der Ablenkung, der Traurigkeit bist du nicht bewusst im Göttlichen Licht, sondern du suchst die Handlung, um dich abzulenken. Auch nicht tragisch. Um aber bei dir zu Hause anzukommen, ist die bewusste „Auferstehung" in dir notwendig, die nur du vollziehen kannst.

Ich: Aber dann soll man sich doch zurückziehen und isolieren?
E: Es ist gleichgültig, was du tust. Doch durch die wiederholte Ablenkung oder Traurigkeit oder durch Selbstmitleid wirst du die Erfahrung des Einsseins nicht machen können. Deine Entwicklung steht dann still, wie bei so vielen Menschen. Das Leben als Gelegenheit wird wenig genutzt. Das ist ohne Wertung, so ist es. Der Ursache folgt die Wirkung.
In der Einsamkeit kannst du die Fülle des Lebens entdecken. Einsamkeit ist die Möglichkeit, die Gelegenheit, in die Einheit zu kommen. Aber je komplizierter das Leben, desto größer die Einsamkeit. Je höher euer Lebensstandard, desto mehr seid ihr im Bewusstsein der Trennung. Und je einsamer ihr euch fühlt, desto mehr schnürt ihr eure Liebe zur Schöpfung zu.

Lebt ihr in der Fülle meines Geschenks „Leben", kann die Einsamkeit keinen Einzug halten. Ihr aber seht euch im Vordergrund, ihr hebt euch heraus aus der Schöpfung, ihr trennt euch von ihr – also habt ihr das Gefühl der Isolation. Wenn ihr das so wollt, dann tut es. Doch gut könnt ihr euch dabei nicht fühlen, denn nur wenn ihr euch in die Schöpfung eingliedert, fließt die Energie. Jede Trennung schnürt den Leibesfluss, den Lebensfluss ab.

Wenn ihr euch bewusst im Lichtweg entwickelt, strahlt euer Leben im Göttlichen Licht der Einheit, der Glückseligkeit und der Leichtigkeit, weil ihr mich in allem als den Schöpfer erkennt. Ihr weilt in der Dankbarkeit zum Leben, „in Gott".

Sei dir bewusst: Wenn du dich einsam fühlst, bist du in der absoluten Täuschung. Doch du hast die Wahl – und du kannst es willentlich ändern. Warum tust du das nicht? Lasse geschehen, und es wird geschehen.

Je einsamer ein Mensch ist, desto mehr füllt er sein Ich, sein Ego.

Lob

E: Merkst du, mit Lob „zieht" ihr am anderen. Wer in sich frei ist, braucht kein Lob von außen. Im Stand seiner absoluten Liebe erreicht ihn Lob und Kritik nicht. Er hört es, doch geht er dabei nicht in die Wertung und damit auch nicht in die Abhängigkeit.

Schau dir das Wort genau an: „Ab-hängen" bedeutet ein Herunterziehen in die Passivität. Dabei habt ihr auf Aktivität eine hohe, hohe kollektive Resonanz – ihr seht gern die Handlungen, die „Aktivitäten".
Ich rate dir, sieh Aktivität als Ent-Wicklungsmöglichkeit für dich; wenn du in deinen Aktivitäten vom Lob anderer abhängig bist und dein Leben danach ausrichtest, hast du den Planeten „umsonst" besucht.

Ich: Das kann doch nicht sein!? Durch Lob entsteht doch auch Freude!
    E: Ja, doch sieh es genau an. Stehen alle in der Freude, also in der Liebe? Dann ist da Freude, dass jeder ist. Freude, miteinander hier zu weilen. Wahres Lob, wahre Freude könnt ihr leben: einfach in Liebe handeln.

Ich: Für mich ist es wirklich so, dass ich mich von Herzen freue und es dann auch sage.
    E: Wenn es von Herzen ist, spürt man das. Beobachte dich! Du lobst den anderen nicht für seine Handlungen, sondern du freust dich, dass es ist, wie es ist – und das sagst du.

Lob von Herzen geht zu Herzen.

Da gibt es keine Überlegung im Verstand – du reagierst einfach. Ja, einfach schön.

Ich: Da ist vieles neu für mich.
E: Nein, nur von der gewohnten Fassade „Lob" fällt einiges ab.

Ich: Es gibt auch Menschen, die Lob brauchen. Ich spüre es, und ich will es geben.
E: Das kannst du nicht verallgemeinern; lege den anderen nicht auf eine bestimmte Bewusstheit fest. Mal braucht einer ein Lob, mal braucht er kein Lob.

Werte und urteile nicht, lass dein Tun in der Schwingung der Liebe geschehen, geschehen, geschehen. Das geht nicht über den Verstand. Lass die Liebe fließen. Gib dem anderen deine Anerkennung in allem, dann anerkennst du ihn als Gleichen und hebst ihn nicht heraus. Dann ist in deiner Würdigung des Ist-Zustandes alles gleich schön.

Ja, wäge ab – ohne Wertung: Wo steht der andere? Reagiert er stark auf Wertung oder auf Lob? Dann ist das Lob noch „notwendig". Macht das Lob aber abhängig, dient es dem „Ab-hängen". Dient das Lob dazu, den anderen aufzuwerten, kann das für ihn eine Hilfe sein, um in den bewussten Stand der Liebe zu kommen. Fühle dich ein und spüre nach – und dann *tue, liebe, lobe!*

Merke dir: Mit deiner Bewusstheit hast du die Möglichkeit, den anderen für seine Bewusstheit zu sich selbst zu öffnen. Mehr kannst du nicht tun. Du öffnest den anderen dafür, in sich hineinzufühlen, also aufzustehen. Mehr nicht.

Es ist ein Unterschied, ob du ein Lob aussprichst, um jemandem einen Gefallen zu tun – oder um ihm zu schmeicheln. Letzteres geschieht meist dann, wenn du seine Handlungen bewertest. Damit stellst du dich über den anderen, und der geht in die Abwehr.

Ich: Aber dieses Abwägen macht es doch kompliziert!?
E: Das denkst du nur. Wenn dir beim anderen etwas gefällt, dann freu dich über den „Sein-Zustand". Sage es ihm. Doch bewerte nicht den Menschen.

Ich: Gib mir doch ein Beispiel.
E: Wenn dir etwas am anderen gefällt, dann sag es ihm oder ihr. Du hast es schon getan, als du eine Frau bewusst wahrgenommen hast, als sie anstelle von Schwarz Farbe in ihre Kleidung brachte. Du warst erstaunt, erfreut und hast sie darauf angesprochen. Deine Wahrnehmung hat bei ihr eine Wandlung von außen nach innen bewirkt; ihr Bewusstsein wurde zu ihr nach innen gelenkt, und so kann es jetzt von innen nach außen wirken.

Beachte: Das Bewusstsein wird sich bei dieser Person weiter entwickeln. Ihr könnt nur Impulse geben. Doch tut es mit Liebe und nicht mit dem Verstand. Betet um die Ent-wicklung eures „Höheren Selbst". So kann es erblühen, sich entfalten. Um mehr geht es hier auf diesem Planeten nicht.

Ich: Ich will noch einmal nachfragen: Wie ist es mit Lob und Anerkennung bei Kindern?
E: Das ist nicht viel anders als bei den Erwachsenen. Kinder brauchen ein liebendes Lob; dieses Lob ist unabhängig von ihren Handlungen. Dann fühlen sich die Kinder, dann fühlt sich jeder „trotz" seiner Handlungen bedingungslos angenommen. Bei Kin-

dern könnt ihr das leichter nachvollziehen. Lasst die Kinder aufblühen, indem ihr sie anerkennt, sie wahrnehmt, gleich-gültig, was sie tun; indem ihr sie eure Freude spüren lasst, dass sie sind. Dann spüren sie sich in ihrer Liebe, nicht im Mangel. Ihr müsst nicht ständig die Mangelerscheinungen ermahnen. Es ist einfach.
Was auch immer ihr tut, tut es in Liebe, seid warmherzig. Seht Fehler nicht als Fehler, sondern seht die Handlung des anderen als Ergebnis seiner momentanen Bewusstheit. Dann ist es in diesem Moment einfach so. Legt auch keine Emotionen hinein.

Ich: Ja, aber ich will die Kinder doch positiv lenken. Aufgrund meiner Erfahrung weiß ich, dass das gut ist.

E: Was spricht dagegen? Fühle, bete, spreche: Herr, lenke, leite, führe mich in Liebe, dann wird das Beste geschehen. Weißt du, wen du hier ansprichst? Dein Höheres Selbst in deiner absoluten Ent-wicklung. Mit dieser Bewusstheit der höchsten Schwingung in dir – mit deiner Dreifalt von Körper, Geist und Seele, von Fühlen, Tasten und Riechen, von Wahrnehmen, Erkennen und freiem Handeln – gehst du über deine Begrenzung hinaus.

Du wunderst dich immer noch über Überraschungen, über freudige, unerwartete Ereignisse. Das kommt daher, weil du nur Bruchstücke kennst. Nicht schlimm.

Ich bin der Herr dein Gott.
Ich bin der Schöpfer aller Dinge.
Wer ist der Herr?
Der Herr bist du über dich, ich in dir, du in mir – „Eins". Herrrrlich! Stehe in allem mit Liebe. Ihr sagt, „stehe darüber". Ja, stehe über den Handlungen der anderen, dann gibt es kein Werten mehr, sondern ein Annehmen von allem und jedem.

Wenn du im Alltag lobst, überlege dir, mach es dir nur kurz bewusst: Dient das Lob dazu, um den anderen nach deinen Vorstellungen zu lenken?
Fühle dich ein und erspüre: Wo steht der andere? Was braucht er? Auf welche Schwingung reagiert er?
Führt dein Lob dazu, dass der andere sich verstrickt, abhängig wird?

Vieles, vieles ist für euch selbstverständlich. Doch wäre es euch bewusst, was ihr tut und der andere für euch und die Schöpfung für euch, ihr würdet nur noch vor Rührung, Ergriffenheit, Überwältigung huldigen.

Es ist zum Lachen, warum verstrickt ihr euch so? Warum aktiviert ihr den Mechanismus der Negativität? Nicht schlimm. Nur die Konsequenz ist anders.
Weißt du, was du gerade tust? Du gehst mit mir „Seelenwandern".

Ich: Wie bitte?
E: Merkst du, „Seelenwandern" ist leicht.
Euer Leben soll aus Lobpreis an die Einheit bestehen – es soll in Liebe stehen. Der Lobpreis für die Dreifalt in dir, so erhebt ihr euch endlich bewusst in die Schöpfung und weilt, weilt, weilt in der Unendlichkeit.

In der Unendlichkeit eures „Höheren Selbst" könnt ihr eure Bewusstheit leichter lenken.

Denkt immer von innen nach außen
Ich bin, du bist – „ichdu" – eins.
Der Allmächtige, die Allmacht in dir.
Wie schon immer gesagt, „von innen nach außen".

Ich: Jaaaa – klar. Du sagst es im Moment so klar, dass jedes Wort von mir zu viel wäre. „Ich bin dein Ebenbild."
E: Die Menschen brauchen Gott/Jesus von außen in ihrer Vorstellung, um ihre Gefühle für jemanden zu entwickeln, sich hinzugeben. Nicht schlimm. Was du glaubst und wie du glaubst – so wird es sein. Falls du es so willst, dann eben mit der Kraft des heiligen Geistes von außen.

Merke dir: Wie du manchmal mit dem „heiligen Geist" umgehst, so gehst du mit dir um. Mehr nicht. Doch alles, was aus deinem Inneren kommt und was du im Göttlichen glaubst, hebt deine Hilflosigkeit auf – weil du damit deine göttliche Kraft selbst lenken, leiten, führen kannst.

So bist du, so seid ihr die göttliche Liebe.
So bist du, so seid ihr die reine Verkörperung.
So bist du, so seid ihr die reine, reine Dreifaltigkeit.

Vertrauen

Je mehr Vertrauen in andere, desto weniger bedingungslose Liebe.

Diese Erkenntnis hat mich sehr erstaunt. Vertrauen – Ver-trauen: „trauen" – ich traue mich; „ver" – ich traue mich nicht. „Vertrauen" – das Trauen gebe ich in die Obhut eines anderen.

E: Es ist Stärke, sich zu trauen und das „ver" nicht zuzulassen. Je mehr du ver-traust, desto weniger bist du bei dir. Dann liegt das Trauen außerhalb von dir – die anderen sollen sich für dich trauen, handeln. Tun sie es nicht, halten sie deinem „Ver-Trauen" nicht stand, bist du enttäuscht.

Ein Missbrauch von anderen Seelen geschieht dann, wenn das Vertrauen zugeteilt wird. Dann richtet sich der Mensch nach dem Vertrauen, das er bekommen hat, und handelt nicht frei von Herzen. Mit dem Vertrauen, das du vergibst, bindest du dich an andere Menschen: „Ich will dein Vertrauen nicht enttäuschen …"

Ein Beispiel: Es ist ein großer Unterschied, ob du zu einem Termin kommst, weil der andere darauf vertraut, dass du kommst – oder ob du kommst, weil du aus freien Stücken kommen willst. Siehst du den Unterschied? Die Handlung bleibt gleich. Nur das Bewusstsein ist anders – freier.

Nimmst du das „ver" von anderen zurück und traust dir selbst, gibt es weniger gegenseitige Erwartungen und Enttäuschungen. Wenn ihr aber einem Menschen euer Vertrauen gebt, bürdet ihr ihm Verantwortung auf. Ihr überlegt gar nicht, was ihr da tut. Euer wertvolles Trauen gebt ihr einfach ab. Wenn du dir aber mehr zu-traust, gehst du über deine Grenzen hinaus.

Ich: Ich spüre, ich traue der Allmacht in mir noch zu wenig zu und versuche, Zusammenhänge logisch zu überprüfen und zu erfassen.
   E: Da du ein Teil von mir bist, brauchst du dich nur zu trauen – dich mir anvertrauen.

Ich: Ich merke gerade: Ich kann mich nur dir anvertrauen.
   E: Vertrauen heißt: abgeben – dich hingeben. Ja, da ich in dir bin und ich dir in anderen Menschen begegne, sollst du dich „selbst" trauen, nur dir selbst trauen. Damit lässt du den anderen frei.

Je mehr du jemandem vertraust, desto größer die Einengung für ihn. Für dich im Umgang mit anderen Menschen bedeutet das: nicht den Menschen mit ihren sichtbaren Handlungen trauen, sondern dem Göttlichen in ihnen – also sie nicht nach ihren Handlungen zu beurteilen. Die Seelen sind göttlich und heil!

Ich: Das mit dem Vertrauen ist doch verrückt! Und ich merke es gar nicht.
   E: Die Welt bleibt sich gleich. Deine Handlungen auch, nur dein Bewusstsein ändert sich. Du stärkst dich und wirst immer freier.

Ich: Ich wusste gar nicht, dass ich so gefangen bin im Ver-Trauen, das mir die Menschen entgegenbringen und das ich zu anderen habe. Fällt mir eben ein: „Ich traue mich, ich stärke mich, und dadurch entfalte ich mich in GOTT."

E: Vertrauen + Liebe, Vertrauen + Liebe, Vertrauen + Liebe – diese Formel stärkt dein Selbstvertrauen. Sie stärkt deine Selbstliebe. Sie stärkt dein Vertrauen in dich, in die Welt, ins Göttliche. Sie stärkt die bedingungslose Liebe, die Barmherzigkeit zu dir selbst. Je mehr Vertrauen in andere, desto weniger bedingungslose Liebe!

Du siehst: Die bedingungslose Liebe ist für dich noch nicht erschöpft. Ich bin die Manifestation der göttlichen Liebe. Ich bin vollkommen und habe dich in deiner Vollkommenheit auf die Erde geschickt – um dich selbst zu lieben, um andere zu lieben, um die Liebe zu lehren. So wie es Jesus, Buddha, Paramahansa Jogananda und viele Heilige mit ihrem Beispiel getan haben.

*Lebe in Liebe und Freude.
Dann wird die Last zur Lust.*

Last und Lust

E: Frage dich: Was ist Last?
„Last" hat bei euch eine hohe kollektive Resonanz. „Der eine trage des anderen Last" – das ist euer verblendetes Verständnis. Wer hat schon Lust auf so etwas, und das noch verbrämt mit dem Göttlichen! Ihr versteht unter „Last" nur Schwere, Sorge, Anstrengung.
Bei vielen Menschen bin ich das Synonym für all das. Deshalb sagen sie nein danke, das brauch ich nicht auch noch, ich strenge mich schon genug an. Sie verausgaben sich und merken gar nicht, dass sie in der Pflicht, im Verstand, in der Verantwortung, in der Schwere verwickelt sind. Lieber die Last allein stemmen, als vom Göttlichen noch eine Extralast aufgebürdet zu bekommen, denken sie.

Verblendet sind sie – sie blenden sich im Selbermachen; sie versuchen, sich fest im Griff zu haben; in ihrer Verblendung tragen sie ihr Kreuz selbst. Merkst du, wie vor allem die Christen sich da hineinmanövrieren! Für „Last" schafft ihr euch Raum, bringt eure Energie aus eigener Kraft auf und vollbringt vieles, vieles, vieles, manchmal gar Unmögliches. Ihr er-tragt die Last.

„Vater in deine Hände lege ich meinen Geist": Nur wenn ihr aufgebt, tragt ihr die Last nicht mehr aus eigener Kraft. Jesus hat die Last nicht aus sich heraus getragen. Er hatte keine Last. Er hat es mit sich machen lassen.

Ich: Was ist dann der Unterschied zwischen Jesus und uns?
 E: Er hat seine Mission erfüllt, so wie ihr eure Mission erfüllt.

Ich: Und wo ist da Lust?

E: Es kommt auf die Bewusstheit an. Wenn ihr im Göttlichen steht, gibt es keine Last. In eurer Mission habt ihr die Möglichkeit, die Lust sich zur bedingungslosen Liebe entfalten zu lassen.
Was ihr als Hindernisse seht, sind nur Meilensteine zu eurer Entwicklung, Ent-faltung. So gesehen ist es für diese Weile der Ewigkeit hier auf Erden doch genial.

Die Last trennt euch von Gott. Noch einmal: Was ihr als Last seht, ist in Wirklichkeit die Möglichkeit, sich aus freiem Willen bewusst Gott anzunähern, göttlich zu sein. Doch viele, viele Menschen gehen aus Solidarität freiwillig ins Leid, um mir nahe zu sein. Aber ich habe euch doch das Leben geschenkt. Ihr solidarisiert euch mit mir nur in der Liebe, wo alles die gleiche Gültigkeit hat. Wo es keine Opfer und Täter gibt. Wenn ihr aber aus Solidarität das Opfer seid, habe ich auch eurem Täter das Leben geschenkt.

Seid euch eurer Allmacht bewusst. Wisst ihr, was ihr tut? Nein. Und so gilt für euch: „Denn sie wissen nicht, was sie tun." (Lucas 23,46) Wenn euch Naturkatastrophen ereilen, seid ihr mit diesem Moment des Lebens in Schwingung, mit der Schwingung des „Jetzt". Nur das „Jetzt" ist die Antwort auf das Leben.

Ich: Herr, wirke du in mir, dann bin ich Licht und Leben. Wirke du in mir, dann ist es wunderbar.
Begreifen kann ich es im Moment nicht so richtig. Bitte lass es in mir wirken.
E: Je mehr ihr leidet, desto mehr seid ihr von der Göttlichen Liebe getrennt.

Ich: Warum hat uns Jesus dann vermittelt, dass er leidet?
E: Ihr seid ganz einfach in eurer Täuschung – *ihr* leidet. Ihr denkt

im Zusammenhang von Ursache und Wirkung, deshalb leidet ihr. Jesus zeigt euch als Beispiel, wie ihr euch aus dem Leid, in das ihr euch hineinmanövriert habt, mit seiner Hilfe selbst befreien könnt – auf-er-stehen könnt. Er zeigt euch, wie ihr euch aus der Dualität bis in die letzte Konsequenz befreien könnt.

Ich: Warum willst du das so kompliziert, dass ein Jesus auf die Bühne musste?
E: Ich will schon immer euren freien Willen. Euer freier Wille ist die Manifestation der Dreifaltigkeit in Ewigkeit. Eure Allmacht liegt im Wollen. Vergiss nicht: Ich und Jesus und du sind eins.

Die Bürde, dass ihr auf Erden seid, dient eurer Entfaltung auf dem Planeten, der Entfaltung der Liebe und damit der Gottverbundenheit. Nur wer im inneren Frieden und in der Liebe lebt, lebt als mein Geschenk in mir. Es ist keine Bürde. Wer in seiner Unwissenheit leidet und betet, sich Gott hingibt, entfaltet auch seine Selbstheilungskräfte: Weil er sich dem Göttlichen hingibt, weil die Allmacht in jedem selbst liegt. Er richtet seinen Willen bewusst auf etwas und glaubt daran. So wird es sein.

Ich: Tatsache für mich ist trotzdem, dass nicht immer „Heile-heile-Segen" im Menschen ist.
E: Noch nicht. Lass dich vom Göttlichen berühren, dann sind die Handlungen der Menschen unwichtig. Oft sind sie euch einfach noch zu wichtig. Lass doch die Handlungen endlich los, und alles ist heil.

Es ist nur die Liebe. Wie du bei deiner Geburt ins Körperliche entbunden worden bist, so helfe ich dir, dich von allen Bindungen auf dem Planeten Erde zu befreien.

Ich: Wie soll das möglich sein?

E: Vertraue – ängstige dich nicht. Denk daran, du bist gleich und deine Handlungen bleiben gleich.
Sondere dich nicht ab. Du bist eine unter vielen.

Ich: Ja, Herr. Dein Wille geschehe. Aber ich bin doch nicht vollkommen?

E: Aber heil, heil, heil. Versuch es nicht zu verstehen. Lass nur deine Vorstellung los, wie etwas zu sein hat. Sei „heil", sei im Einklang mit dir. Es geht nur um dich hier auf Erden, um jeden und alle.

Ich frage dich nicht, was du getan hast auf Erden, sondern *wie* du es getan hast. Ich frage dich nicht ab, du selbst gibst dir die Antwort. Dein Leben ist die Antwort.

Ich: Wenn ich dir oft Fragen stelle, spüre ich oft meine geringe Demut gegenüber dieser Schöpfungskraft. Ich stelle Fragen, ich kleiner Wurm.

E: Wenn du dich mit der ganzen Schöpfung vergleichst, bist du wirklich ein kleiner Wurm. Warum tust du das? *Du bist du.* Nicht mehr und nicht weniger. Alles hat seine gleiche Berechtigung. Vergleichen aber heißt werten. Du vergleichst einen Wurm ja auch nicht mit einem Elefanten.

Ich: Das ist ja eine amüsante himmlische Unterhaltung.

E: Die kannst du immer haben. Es liegt an dir.

Ich: Jetzt wird mir wirklich im wahrsten Sinne des Wortes bewusst, was das heißt: „Weilen auf Erden." Ich weile in und mit der ganzen Schöpfung hier.

E: Warum nicht? Spürst du, ihr verbindet Gott oft, oft mit dem Zustand der Trauer, der Ernsthaftigkeit, der Schwere. Noch einmal: Dann seid ihr weit weg von mir. Ich habe euch doch die Freude, den Humor, die Liebe gegeben. Schüttet diese Geschenke nicht ständig mit eurer selbstgemachten Last zu.

Lebt in Liebe und Freude.
Dann wird die Last zur Lust.

Die Liebe hat in der Leichtigkeit mehr Gewicht, als du Lasten vermagst zu tragen.

Tragen

E: „Ihr sollt reiche Frucht tragen." (Johannes 15,5)
„Frucht tragen" klingt anders als „Last tragen" – merkst du, es ist das gleiche Wort. „Frucht tragen", das ist Stärke. „Last tragen" ist Schwere, es schwächt dich.
„Tragen" ist bei euch mit starken, schwankenden Gefühlen verbunden. Sieh es positiv, nur positiv. Die Erde trägt dich. Sei dir bewusst, du bist der, der immer getragen wird. Getragen von der Erde, getragen von der Liebe, getragen von deinem Glauben – dem Glauben an dich –, getragen, getragen, getragen. Sonst würdest du hier nicht weilen.

Ich: In der Bibel heißt es doch: „Der eine trage des anderen Last."
E: Sieh „Last" als die Möglichkeit, etwas mit Lust zu tun. Dann bedeutet „Tragen", deinen Mitmenschen zu begleiten. Der andere gibt dir die Gelegenheit, etwas zu deiner Ent-faltung, zu deiner Entwicklung beizutragen. Ist das nicht wunderbar? Sieh dich als Lustträger, nicht als Lastenträger. Erkenne, der andere gibt dir durch seine Handlung die Gelegenheit, zur Einheit zu kommen.

Ich: Wie das? Freunde tragen doch auch Lasten mit?
E: Ja, ja, natürlich, für dich ist das selbstverständlich, davon bist du durchdrungen bis in den Verstand. Wenn jemand aber aus Mitleid hilft, schwächt das den Betroffenen weiter – und der Helfer hat das Gefühl, er habe eine Last zu „tragen". Doch die größte Lust bieten dir die Menschen, die noch Reibung in dir verursachen. Durch sie darfst du dich zum Heilwerden tragen; die anderen begleiten dich hin zum Entwickeln, zum Einklang. Sieh das Tragen als leicht an.

Ich: Ich kann es auch als schwer ansehen und erfühlen, wie einen Sack Kartoffeln.

E: Ha, ha. Leg deine Bewusstheit nicht auf die Schwere des Kartoffelsacks, sondern nur auf die Kartoffeln. Du hast die Möglichkeit, die Lust zu teilen, wenn du sie trägst. Wer sagt, dass du alles auf einmal nehmen musst? Es ist nur deine Vorstellung, die dich begrenzt und dich in der Schwere gehen lässt.

Ich: Das klingt so einfach. Aber so ist es nicht immer im Leben.

E: Was? Nicht? Immer hast du mindestens zwei Möglichkeiten, das macht deinen freien Willen aus. Es liegt an dir, worauf du deine Bewusstheit lenkst, wonach du handelst und dafür dann die „Frucht" trägst. Die Frucht hängt davon ab, ob du in der Schwingung der Dualität handelst oder in deiner liebenden Einheit. Du kannst jederzeit wechseln. Es liegt an dir. Es kommt immer darauf an, wie du es für dich deutest.

Beispielsweise: Ich trage einen schweren Sack Kartoffeln zu jemandem hin. Da ist nur Pflicht, Last. Ich trage einen schweren Sack Kartoffeln zu jemandem hin in der Bewusstheit, er hat großen Hunger, er freut sich, ich liebe ihn. Ich liebe es, das zu tun. Im zweiten Beispiel, glaube mir, trägst du es viel, viel leichter.

Die Liebe hat in der Leichtigkeit mehr Gewicht, als du Lasten vermagst zu tragen.

Ich: Hier sind es nur Kartoffeln. Aber was ist mit Lebensproblemen?

E: Problem? Es gibt die verschiedenen Möglichkeiten, wie du weißt. Hier ist es nicht anders. Wie immer, setze dein Bewusstsein ein, nimm deine Möglichkeit (das Problem) in deine liebende Einheit, setze es in die Göttliche Bewusstheit der Liebe und lasse geschehen.

Und es wird in der Hingabe an die Dreifalt, an die Einheit, an deine Ganzheit geschehen, getragen.

Wie immer. Wie schon oft gesagt.

Immer das Gleiche.

Du bist die Frucht der Erde.
Ihr sollt reiche Frucht tragen.
Die Frucht ist die Liebe,
nur die Liebe.
Was bleibt ist die Liebe.

Empfangen – Geben

E: Jedem Geben geht ein Empfangen voraus.
Empfangen ist für euch nicht so einfach. Auch für dich war es eine Überwindung.

Ich: Überwindung von was?
E: Da ihr euch wenig wertschätzt, da euch euer Wert nicht bewusst ist, seid ihr nicht würdig, von Herzen zu empfangen. Wäre es euch bewusst, dass ihr vom anderen Göttliches empfangt, würdet ihr gerne, gerne annehmen. Lieber gebt ihr tausendfach.

Ich: Warum ist das so?
E: Weil ihr an Schuld denkt.

Ich: Wie bitte?
E: Ja, ihr wollt in keiner Schuld stecken. Ihr rechnet auf, unbewusst. Lieber verausgabt ihr euch, als dass ihr etwas stehen lasst.
Tausendfach geben = im Verstand sein.
Tausendfach geben = Anerkennung suchen.
Tausendfach geben = dem anderen Freude schenken.
Tausendfach geben = den anderen versklaven.
Tausendfach geben = für den anderen unangenehm.
Tausendfach geben = Der andere kann sich nicht einbringen.
Tausendfach geben = den anderen mit Geschenken zuschütten.
Tausendfach geben = Der Geber wird gering geschätzt.
Der andere bedient sich, wie er es braucht.
Tausendfach geben = Der Geber verführt den anderen, ihn zu benutzen.

Für den Geber ist das alles natürlich nicht mehr stimmig. Er will sich nicht als Opfer fühlen. Er fühlt sich als großzügiger Geber und merkt gar nicht, wie sich der andere bedient. Der Geber geht in der Illusion des Dienens auf und zweifelt immer mehr an sich. Kann das euer Leben sein? Die Antwort auf das Leben ist der Schutz eurer Persönlichkeit, die Erhabenheit der Seele.

Ich: Wie kann ich mich schützen?

E: Nicht mit Isolation und Mauerbau, sondern mit deinem Willen, indem du zeigst, was du wirklich willst in dem Moment. Forderungen von anderen ablehnen – aus Liebe zu dir und aus Liebe zu den anderen. Das tut allen, allen gut. Dein Inneres kann sich dabei entfalten, und der andere kann sich nicht ver-greifen. In diesem hochheiligen Moment schätzt du „dein Leben", mein Geschenk. Merkst du, du erhebst dich zum freien Menschen!

Du würdigst dabei dein Leben und damit auch das Leben der anderen. Es ist alles gleich. Weil es gleich ist, erhebe dein Leben ins Leben, in die Würde, die dir als Gottmensch gebührt. Du achtest dein Leben und damit auch die anderen. Nicht mehr und nicht weniger.
Es geht immer nur um dein Leben auf dem Planeten Erde, um deine Entwicklung. Solange ihr gebt, habt ihr alles im Griff. Beim Empfangen entgleitet euch die Kontrolle eventuell. Je mehr einer gibt, desto unsicherer ist er im Leben.

Ich: Nicht geben – hat das nicht mit Geiz, mit Egoismus zu tun?

E: Ja, wenn du im Verstand bleibst, dann schon. Es kommt wie immer auf eure Absicht an. Geben aus dem Göttlichen in euch ist dasselbe wie Empfangen im Göttlichen in euch. Hier ist es reine Herzensgabe, im Gleichgewicht, ausgewogen, im Frieden. Bleibt ihr berechnend im reinen Verstandesgeben, verausgabt ihr euch.

Ich: Geben ist doch nicht im Verstand berechnend?

E: Oh doch. „Wie du mir, so ich dir", das ist berechnend – ich will in keiner Schuld stehen. Vergiss nicht: Wenn das Geben dem anderen unangenehm ist, dann ist es nicht mehr im Gleichgewicht. Wenn Geben für den Geber unangenehm ist, dann ist er in einer „festen" Rolle, in einer festen Vorstellung von sich und von anderen. Folglich ist es für beide Seelen nicht angenehm. Es ist nicht gleich. Und beide manövrieren sich aus dem Gleichgewicht.

Sobald die Sache aus dem Gleichgewicht ist, kann man sich bedienen. Der Liebesfluss ist gestoppt. Ist doch schade. Nicht schlimm, aber Geben wird von der Lust zur Last.

Wenn der Geber aber aus dem Bewusstsein des Göttlichen gibt und der Empfänger das als unangenehm empfindet, ist dieser des Geschenks nicht würdig. Dann ist für den Empfänger der Moment gekommen, sich bewusst in die Würde seines Lebens zu erheben und von reinem Herzen zu empfangen, im Stand der Liebe die Gabe stehen zu lassen.

In der Göttlichen Bewusstheit sind Geben und Empfangen eins – gleich fruchtbar.

*Geben aus dem Göttlichen
in euch ist dasselbe wie
Empfangen im Göttlichen in euch.
So ist es reine Herzensgabe,
ausgewogen im Frieden.*

Vergeben – Verzeihen

E: Je mehr du vergibst, desto mehr hast du geknebelt.

„Vergeben ist gut" – in diesem Bewusstsein lebt ihr. Da ist das Vergeben kein Akt der Reinheit mehr. „Vergeben" – das Wort sagt es schon. Du kannst mit deinem freien Willen geben, geben, geben. Du kannst ein Geschenk empfangen, empfangen, empfangen. Du kannst nur das geben, was du in dir hast, was du empfangen hast – das ist Gnade. Gibst du mehr, verkrampfst du und übernimmst dich. Dann handelst du rein im Verstand – und das geht an deine Substanz. Du gibst, versuchst krampfhaft zu geben, willst dich zum Geben zwingen. Wo ist da Freiheit? Wo ist die Liebe?

Ausgelaugt sein bedeutet immer, mit dem Verstand zu geben. Das zehrt an euren Kräften, an dem Geschenk an euch. Das einmalige Geschenk an euch – euer Leben – verliert ihr. Euch ist nicht wirklich bewusst, dass ihr mit diesem Geschenk behutsam umgehen sollt. Achtsamkeit für euer Leben, euer Geschenk, ist das höchste Gebot – die vollkommene Liebe für euch und in euch. Dann lebt ihr ab sofort im Paradies. Ihr gebt, ihr vergebt euch ständig, laugt euch aus, erwartet aber bewusst oder unbewusst, ihr stellt Bedingungen, ihr fühlt euch verletzt.

Dein Leben sei dir heilig. In der Heiligkeit leben ist frei sein, ist bedingungslos annehmen. Doch ihr ver-gebt euch, verschenkt eure Substanz. Mit eurem vielen Geben verknüpft ihr so viele Erwartungen, Forderungen. Werden diese vom anderen nicht erfüllt, verbergt ihr eventuell eure Enttäuschung und gebt euch barmherzig, lasst Gnade walten und „vergebt" dem anderen. In eurer Vorstellung hat sich der andere schuldig gemacht. Erkennst du langsam euer dunkles, verzerrtes Bild von Vergebung? Wenn du vergibst, hast du zuerst mit deinen Erwartungen ein Band der Zwänge, nicht der Liebe, um den anderen geknüpft. Ist dir das bewusst? Willst du das?

Siehst du hier die starke Kollektivresonanz? In dieser Gegenseitigkeit, dieser Unbewusstheit funktioniert die Täuschung sehr gut, weil der „Schuldige" sich freut, dass ihm vergeben wurde. Er ist von seiner Schuld befreit – ein „reines" Gefühl in der Täuschung.

Was macht ihr mit meinem Geschenk? Wenn es euch bewusst wäre, würdet ihr vor Demut und Hochachtung zu euch und zu jedem anderen und in göttlicher Dankbarkeit euer Leben leben und nicht in der Unbewusstheit verbringen. Ihr weilt hier auf meinem Planeten mit mir und in mir – bewusst oder unbewusst. Du hast die Wahl. Du bist ein Teil von mir. Und dein Teil ist alles, alles, alles.

Ich: Wie kann ich das ändern? Hilf mir doch dabei. Dieses Umdenken, ein Leben außerhalb der Kollektivresonanz, erfordert trotzdem Anstrengung, weil ich und alle anderen ein Gewohnheitsmuster haben, schon solange wir leben.

E: Ich bin bei dir, sei dir bewusst, lass es in der Bewusstheit geschehen, dass du niemanden vergeben kannst. Damit lässt du jeden frei. Dies setzt voraus, dass mein Geschenk, dein Leben, durch nichts mehr verletzt werden kann. Du bist frei, frei, frei in der Liebe.

Ich: Was soll ich also tun?
E: Nicht, nichts – nur deine Bewusstheit auf das Gesagte richten. Kehre immer öfter zu dir, zu mir, in dich zurück. Halte inne. Werde achtsam, achtsam, achtsam. Dann lebst du mit mir, in dir und in allen anderen, in deinen Familienmitgliedern, deinen Engsten (die

bisher mit dir in der Verzerrung leben) achtvoll, würdevoll, in Liebe. Das ist dein Paradies, deine Heimat, dein Himmel in dir. Spüre dein großes Geschenk an dich – die Eigenliebe – und der Himmel kehrt bei dir ein.

Noch eine Bemerkung zum Thema „Verzeihen", damit es für euch anschaulicher wird. Ihr zieht so lange am anderen, solange er mit in eure Richtung geht. Will er etwas ändern und frei sein davon, zieht ihr straffer und macht ihm deutlich, ein kurzes Lockerlassen, das sei ein Fehltritt gewesen. Den „Fehltritt" verzeiht ihr. Merkst du, wie ihr euch am anderen vergreift? Ihn seiner Freiheit beraubt?

Lasst alles los, los, los in Liebe. Strengt euch nicht mehr so an. Jeder ist ein Teil von mir. Nehmt euch zurück in eure Einheit, in die Liebe. Solange ihr euch „besonders" fühlt, nehmt ihr euch zu wichtig, nehmt ihr euch aus dem Ganzes heraus – und trennt euch vom Ganzen.

In der Einheit ist alles, alles gleich, alles ist reine Liebe, alles ist rein – Gott. In alle Ewigkeit. Amen.

Ich: Warum funktionieren dann Vergebungsrituale?
E: Vergebungsrituale sind eine Möglichkeit, Heilung für sich zu finden, eine Heilung in der „Täuschung". Täuschung ist hier nicht abwertend gemeint, denn das Vergebungsritual funktioniert, weil man daran glaubt.

Ich: Wie ist das zu verstehen?
E: Nach einem Vergebungsritual setzt ihr euch mit dem anderen gleich, ihr beurteilt und verurteilt den anderen dann nicht mehr. Dadurch wollt ihr heilen. Das funktioniert auch, weil Liebe, Energie

frei wird. Doch noch einmal zum Entschlüsseln: Ihr seid schon heil. Es ist nur euer Verstand und es sind die Handlungen darin, durch die ihr euch täuschen lasst.

Aber macht nur, es ist eine Bewusstheit unter vielen. Es kommt immer darauf an, welche Bewusstheit, welche Absicht dahintersteckt. Ihr habt eure Allmacht. Ihr schafft alles nach eurem Bewusstsein, nach dem Zustand eurer Bewusstheit.

Merkst du, es gibt nichts Falsches. Ihr seid immer nach eurer Überzeugung euer eigener Erschaffer. Mehr nicht, das ist alles ganz einfach.

Entschuldigen

E: „Denn sie wissen nicht, was sie tun" – ihr spielt euch ständig wie die Allmächtigen auf.

Ich: Wieso? Die Allmacht ist doch in uns – das sagtest du doch selbst!?
E: Ja, ihr habt die Allmacht über euer Leben. Doch seit Generationen steckt ihr euch und eure Kinder in die Kollektivresonanz der „Schuld". Für euch ist es schon Gewohnheit, sich zu ent-schuldigen. Das trifft aber immer die Seele. Bei jedem Bitten um Entschuldigung stellt ihr euch zudem unter den, der euch die Schuld vergibt.

Alle sind mein Ebenbild. Es gibt keine Schuld.

Ich: Doch! Zum Beispiel, wenn ich jemanden verletzt habe mit Wort oder Tat.
E: Warum bist du schuldig, wenn du es ohne Absicht gemacht hast? Keiner ist perfekt. Du kannst betonen, dass es dir leid tut. Mehr nicht.

Ich: Und was ist mit Menschen, die es mit Absicht tun?
E: Sie erfahren durch ihre Handlungen die Konsequenz. „Schuld" – kommt von dem Begriff weg. Es gibt hier auf dem Planeten keine Schuldigen. Es gibt Verursacher. Mehr nicht.
Durch schuldhaftes Verhalten fühlt Ihr euch minderwertig. Warum tut ihr das? Ihr seid alle gleich. Lediglich die Handlungen wirken sich auf euer Leben aus. Die Konsequenz aus eurem Handeln bestimmt euer weiteres Leben.

Ursache und Wirkung. Die Allmacht liegt in euch. Nur du bist dein eigener Richter, dein ständiger Verurteiler. Kennst du jemanden, der dich tagtäglich so oft verurteilt wie du selbst? Der alle anderen sich vorzieht und sich dabei keine Achtsamkeit schenkt?

Du hältst den anderen hoch, weil du selbst keine Standfestigkeit hast. Erhebe dich, dann fällst du nicht auf den Boden – und der andere nicht. Doch wie wollt ihr euch erheben, euch in euer Paradies erheben, wenn ihr ständig urteilt und Schuld verteilt? Seid gnädig mit euch, seid barmherzig mit den anderen – und ihr werdet den Himmel in euch und um euch erfahren.

Jedem Entschuldigen, jedem Vergeben geht ein Urteil voraus. Ist dir das klar?

Ich: Wie komme ich da heraus?
E: Indem du dich nicht mehr entschuldigst und nicht mehr vergibst.

Ich: Wie soll das geschehen?
E: Du brauchst dir nur bewusst sein und dich nicht mehr entschuldigen. Anstatt zu vergeben bist du im Stand der Liebe und alles ist gut. Das ist die Begegnung im Jetzt auf der Seelenebene. Nimm der Seele die Fesseln der Schuld.
Je mehr du in dir das Freisein spürst, desto weniger Schuld und Schuldige wird es in deinem, in eurem Leben geben.

Erhebt euch in den Stand der Liebe.
Es ist die Sprache der Seele.
Es ist alles gleich.
Es ist der himmlische Frieden.
Es ist euer Paradies.

Lügen

Ich: Warum lügt jemand?
E: Lügen schränkt die eigene Freiheit und die des anderen ein. Jeder Lüge geht eine Frage voraus. Nichts weiter. Also: Frage nicht so, dass du urteilen musst. Du hast kein Recht dazu.

Die Ursache, warum jemand lügt, liegt immer in seinen Bedürfnissen begründet. Er handelt in der Täuschung, hat ein „schlechtes Gewissen". Die Täuschung ist, dass es „falsch" ist zu lügen. Ich sage dir, es gibt nichts Falsches, es gibt nur etwas anderes – mit anderen Konsequenzen.

Je mehr einer lügt, desto geringer ist seine Freiheit, desto enger sind seine Fesseln um ihn gelegt.
Ihr sagt: „Er verstrickt sich in Lügen." Er „verstrickt" seine persönliche Freiheit. Er knebelt sein wahres Bedürfnis.

Sein Bedürfnis zu lügen entsteht aus einem Mangel an Liebe. Auf der Suche, das ungestillte Bedürfnis des Kindes nach Liebe zu befriedigen – ein Mangel an Eigenliebe –, gibt es viele Facetten der Täuschung und Ablenkung.

Um sein Bedürfnis nach Liebe zu stillen, sucht der Mensch im Außen, doch nur im Innen, mit Eigenliebe, kann ihm dies gelingen.

Sich selbst zu begegnen ist ein Traum.
Sich selbst zu begegnen ist ein Geschenk.
Sich selbst zu begegnen ist ein immerwährendes Glück, ein Wandeln auf Erden.

*Je mehr einer lügt,
desto geringer ist seine Freiheit,
desto enger sind seine Fesseln
um ihn gelegt.*

Kapitel 3
Die Einheit – Gott – Universelle Energie
(oder wie Sie es nennen wollen)

Leben

E: Leben ist die liebende, bedingungslose Selbstverständlichkeit.
Leben ist liebende Gleich-Gültigkeit.
Leben ist, in liebender Absicht sein Bestmögliches tun und es geschehen lassen in Absichtslosigkeit.
Leben ist die ständige Verbindung des Irdischen mit dem Göttlichen.

Die Liebe ist Selbstverständlichkeit, ist alles im Leben. Alles andere sind die Verstrickungen. In deinem Leben stehst du in der Selbstständigkeit – du stehst selbst in dir.

Ich: Wie meinst du das?
   E: Du stehst in dir im Stand der Liebe, in deiner Verwirklichung. Dies ist reines Fließen, Fließen, Fließen. Und nimm auch den Augenblick als „Selbstverständlichkeit", als ein Stehen in dir:

Du stehst in dir.
Du stehst in deinem reinen Fließen.
Du stehst in deinem Leben.

Du stehst immer nur in dir.
Du stehst bedingungslos zu dir.
Du musst nichts tun.
Es ist so, weil es so ist.

Du brauchst nichts, nichts tun – nur lieben, annehmen, dass es so ist. Dann ist der Augenblick grandios, weil es nur den Augenblick gibt. Die Selbstverständlichkeit des Augenblicks in dir ist dein, nur dein Leben, das du lebst und liebst, mehr nicht. Mehr gibt es nicht.

Noch einmal: Dein Leben ist ein Stehen in dir, es ist ein „Stehen in deinem liebenden Leben", bewusst oder unbewusst. Ist dir das klar? Dann kannst du im Augenblick, in der Liebe, tun was du willst, weil es kein Gestern und Morgen gibt. Der Augenblick ist dein Gestern, Morgen und Heute, weil die Liebe zu dir nicht an eure Zeit und eure Vorstellungen der Handlungen geknüpft ist.

Ist euch dies bewusst: Ihr drosselt die Liebe, eure Liebe, mit der Erinnerung und mit euren Vorstellungen. Deshalb lebt ihr nie. Dabei findet Leben nur im Augenblick statt.

Sei dir bewusst: Handlungen, die auf Erinnerungen und Vorstellungen beruhen, sind Verstrickungen. Wenn ihr das, was ihr wollt, wirklich im Augenblick der Liebe tun würdet und nicht gefärbt von euren Vorstellungen und Erinnerungen, lebtet ihr im Paradies. Das geht über den Verstand hinaus, weil es in der jetzigen liebenden Absicht geschieht. Unterschätzt die „liebende Absicht" nicht. Denn geschehen lassen heißt, den liebenden Augenblick frei lassen und weg von den Vorstellungen zu gehen, wie sich etwas entwickeln soll. Einfach frei geben, in dir von Herzen frei geben. Das Beste soll geschehen. Und es wird geschehen.

Von Herzen frei geben ist das Freilassen des eigenen Lebens in die höchste Lebensqualität, wo keine Vorstellungen mehr greifen. Nur aus dem immerwährenden Augenblick ent-wickelt, ent-schlüsselt sich dein Leben in das grenzenlose Seelen-Leben, das wahre Leben.

Leben und Liebe und Seele ist eins. Merkst du: Wenn du so lebst, sind die Handlungen der anderen für dich nichts – oder gleich – oder alles. Dann ist der liebende Augenblick, der ja dein Leben ist, Labsal, Genießen.

Ich: Doch nicht immer.
 E: Doch, weil du von den Handlungen nicht mehr abhängig bist. Deine Bewusstheit ist entscheidend. Alles, was ist und was du tust, hat für dich einen Sinn, egal welchen – ob du dich verstrickst oder ob du aufdeckst. Du weißt, es gibt in deinem Leben nur Handlungen, die sich aneinanderreihen. Wenn du auf diesem Planeten in liebender Absicht handelst, sind die liebenden Augenblicke, in denen du dir und den anderen Gutes tust, gleich sinn-voll. Dann sind dein Denken und Wollen und Handeln im Einklang. Was willst du mehr?
Euer Leben besteht, solange ihr hier weilt, nur aus Handlungen. Sage nicht, du müsstest auch Dinge tun, die du nicht willst. Darüber habe ich bereits ausführlich gesprochen.

Wollen und Lieben ist wahres Leben.

Wahres Leben geschieht immer im Augenblick, in der höchsten Schwingung. Deine „Lebensqualität" besteht in der liebenden Gleich-Gültigkeit, in der bedingungslosen Selbstverständlichkeit.
In der liebenden Absicht zu denken, zu wollen und zu handeln ist deine Einheit, ist die Macht und Kraft der Liebe, ist der himmlische Friede – dein Paradies.

Gleichgültigkeit – Gleiche Gültigkeit

In der Meditation kam das Wort „Gleichgültigkeit". Meine Gedanken überschlugen sich, und ich hörte in mir den Satz: „Herr liebe mich!"...

E: Liebe du dich – ich bin in dir. Wie gehst du mit dir um? Bist du dir des Göttlichen in dir bewusst? Du lenkst dich ab durch Erledigungen und unwirkliches Denken. Dabei kannst du Berge versetzen, denn du bist mein Geschöpf, ein Teil von mir.

Bist du glücklich? Mich kann dir keiner nehmen, wenn du es willst. Es liegt in deiner Hand, an deinem Willen, mit mir in der Einheit zu sein – in deinem Bewusstsein zu sein. Wie mich der Vater gesandt hat, so sende ich euch. Lass dich auf mich ein, und du wirst die Glückseligkeit erfahren.

Deiner Seele ist es wichtig, Gott zu suchen und zu finden. Suchst du ihn in der Ablenkung, im Außen, oder in der Stille, im Rückzug nach innen? Dort, in deinem Innersten kannst du mich finden. Liebe mich in deinem Leben, dann ist alles andere gleich-gültig. Nicht weniger und nicht mehr.

Dein Leben ist die Bühne, auf der alles seine gleiche Gültigkeit, seine Berechtigung hat. Du spielst deine Rolle in dem Schauspiel nach deinen Mustern, nach deinem Gewissen, deinen Fähigkeiten.

Ich: Herr, hilf mir, die Aufgaben, die ich in diesem Spiel bekommen habe, zu erkennen und anzunehmen!
E: Lebe die gleiche Gültigkeit der Liebe, der Herzensliebe – in deinem engsten Kreis wie in deinem weitesten Kreis. Tritt den anderen gleich-gültig, wertfrei gegenüber.

Ich: Wenn alles seine gleiche Gültigkeit hat, ist das Handeln der anderen dann für mich wertfrei?

E: Damit ihr aus dem Rad der Wiedergeburt herauskommt, sollt ihr versuchen, euch im Göttlichen Bewusstsein als ein Werkzeug der Liebe zu heilen und mit dieser Liebe andere anzustecken.

Gleiche Gültigkeit für alles auf Erden zu erreichen ist euer Lebensprozess. Wenn alles gleiche Gültigkeit für dich bekommt, hebst du den „besonderen Wert" eines Menschen für dich auf, so dass ihr auf Augenhöhe seid. Die Folge ist, dass dann auch Menschen, die dir nicht so liegen, von dir und in dir aufgewertet werden, so dass ein Gleichgewicht entsteht. Gleiche Wertigkeit, alles auf Augenhöhe, das hat nichts mit Sympathie zu tun. So kannst du in jedem das Göttliche leichter erkennen. Gleich-Gültigkeit bedeutet, für jeden voll und ganz präsent zu sein.

Ich: So wie es heißt: „Der, der mir gerade gegenübersteht, ist in diesem Augenblick der wichtigste Mensch in meinem Leben."

E: Dein Leben besteht nur aus Augenblicken. Im Bewusstsein, dass alles die gleiche Gültigkeit hat, kommt es für dich auch dort, wo du karmisch gesehen mit deinen Fähigkeiten hingestellt bist (Familie, Freunde, Beruf) und wo du die Anteile deiner Persönlichkeit (Zeit, Liebe, Fürsorge) mehr einbringst, immer weniger zu Disharmonie in dir selbst. Die Prioritäten in deinem Leben kannst nur du setzen. Sie bleiben deine freie Entscheidung von dir und zu mir.

Ich: Lass mich erkennen, wo meine geschenkten Fähigkeiten, meine Schwerpunkte liegen und was mir zum Besten dient. „O Herr, du bist meine Zuflucht und mein Heil." Ich will meine fehlgeleitete Selbstbestimmung aufgeben und mich für die unfehlbare Weisheit und die unwandelbare Wahrheit öffnen und entscheiden. Herr hilf mir.

E: Dein Leben soll im Einklang mit deinen Gedanken stehen, die du in deinem Handeln zum Ausdruck bringst. Wie du den Schwerpunkt setzt und handelst, ist unabhängig von deiner Persönlichkeit. Die Entscheidung kannst du aus freier Wahl oder unter dem Zwang deiner Gewohnheiten oder karmischen Neigungen treffen.

Ich: Herr, lasse mich das erkennen und nach meinem freien Willen zum Heil aller handeln.

E: Deinen karmischen Neigungen kannst du mit festem Willen und Disziplin entgegenwirken. So bekommt der Geist Herrschaft über die Triebe und die Sinne. Damit meine ich nicht, die Triebe zu unterdrücken, sondern sie zu transformieren. Die bedingungslose Liebe tritt ein, wenn Menschen ihren Schwerpunkt zu sich nach innen verlegen.

Alles gleich-gültig zu sehen bedeutet zu erkennen: Dies ist die Geschichte dieses Menschen, dies ist seine Entwicklung, sein Reifungsprozess und sein Karma. Ihr wisst nur Bruchstücke, deshalb ist alles gleich-gültig. So wie es ist, so ist es. Die Polarität hebt sich auf, und alles Gleiche ist gleich.

Denke darüber nach: Ob Sommer oder Winter, schwarz oder weiß, ob Licht oder Schatten, Freud oder Leid – alles hat seine gleiche Berechtigung. Wenn du dich von Freude und Leid, von Sturm oder Täuschung nicht treiben lässt, reifst du und bleibst du im Ewigen bei mir, in der tiefen Glückseligkeit.

An der Wasseroberfläche sind die Wellen, der Sturm. Tauche lieber tiefer, wo das Wasser ruhiger und beständiger ist. Wo die immerwährende Freude ist. Auch das ist Gegenwart.

Gleichwertig

Ich: Ständig gehen mir die Worte gleich-wertig und gleich-gültig im Kopf herum. Wie lebe ich denn? Gut. Immer gleich, gleich, gleich.
E: Nenne es alles „gleich schön".

Ich: Alles ist doch nicht gleich schön?
E: Doch, in dir schon. Deshalb ist es gleich, egal, was du tust. Hab keine Erwartungen.

Ich: Ah, daran liegt es!
E: Wie es ist, so ist es. Stell dir einen großen Baum mit Blättern vor. Die Blätter sind gleich in der Gattung. Mehr nicht. Jedes Blatt am Baum hat eine andere Stellung im Ganzen. Jedes Blatt ist wichtig. Nimm dich nicht so wichtig.

Ich: Und was ist mit der Eigenliebe?
E: Sei dir deiner Stellung im Ganzen bewusst. So wichtig, so gleich wie jede und jeder andere. Mehr nicht.

Ich: Ich glaube, ich bin langsam desillusioniert und meine Gedankenspirale geht nach unten.
E: Nein, nicht nach unten. Du löst es in die Waagerechte, ins Glück.

Ich: Ach, es ist alles so anstrengend.
E: Nein, ver-wechsle nicht. Du gehst nur von deinen Vorstellungen, die dich geprägt haben, in eine andere Einstellung, in eine andere Sichtweise und Bewusstheit deines Lebens. Mehr nicht. Du wechselst nur.

Ich: Ich muss das verkraften, diesen Eilzug.

E: Nein, nur in Kraft setzen. Mehr nicht. Geschehen lassen. Du bist genug geerdet.

Ich: Irgendwie geht es aufs Herz.

E: Ja, du kommst zu deiner Grundstruktur. Deine alten, gewohnten Muster sterben – lebend. Andere Menschen erwachen im physischen Tod oder irren noch verblendet umher. Willst du das? In deiner Bewusstheit meiner immerwährenden Gegenwart ist es gleich, wo du lebst.

Glaube an sich selbst – Herzenswünsche

E: „Dein Glaube hat dir geholfen." Nur wenn ihr das befolgt, mit allen Sinnen bis in die letzte Körperzelle, wird es geschehen. Du glaubst nicht an das Geschehen, das ist dein Problem. Bei Gott ist nichts unmöglich. Die Allmacht ist in dir.

Je mehr du glaubst, desto weniger haftest du an. Die Dinge werden durch den Glauben geschehen und nicht durch das Anhaften. Im Glauben vertrauen heißt, das Irdische loslassen. Gelassen bleiben. Der Sache nicht die größte Bedeutung geben. Wenn du um etwas bittest, was dir ein Herzenswunsch ist, dann darf es ein Herzenswunsch sein.
Im Unterschied zum Wunsch ist ein Herzenswunsch ohne Anhaftung. Ein Herzenswunsch entsteht spontan, ohne Druck, ohne Absicht; er entsteht nicht über den Verstand, er wird in der Liebe erfahren. Versuche es nicht über den Verstand, sondern über das Herz.

Die „Besonderheit" für dich ist die Hingabe, das absolute Vertrauen in das Göttliche. So bist du in einer höheren Schwingung. Merkst du, dein Denken und Handeln wird dadurch von göttlicher Freude durchströmt. In der Gegenwart, im Hintergrund, im Unterbewusstsein hast du immer das Göttliche. Du spürst, du bist göttlich. Die Energie fließt. Durch die Liebe und die göttliche Freude wird der Herzenswunsch magnetisiert, so dass er sich durch deine Allmacht verwirklicht.
Sei in der Bewusstheit des Glaubens, und dir werden immer mehr Erkenntnisse entschlüsselt. Dann werden die Wunder für dich das Normale sein. Durch die Hingabe an das Göttliche wächst dein

Einblick, das Vertrauen ins Göttliche. Je mehr Erfahrungen du machst, desto intensiver und alltäglicher wird dein Glaube.

Ich: Ist auf Glaube eine kollektive Resonanz?
E: Ja, sehr.

Ich: Was bedeutet das?
E: Glaube seht ihr außerhalb von euch. Ihr denkt, er ist wirklich nur außer-*halb* von euch. Doch mit freiem, bewusstem Willen steht ihr im Stand der Liebe und damit im vollen Zustand des Glaubens – innerhalb von euch.
Glaube ist keine Sache des Annehmens und Wegwerfens. Glaube ist, an sich zu glauben, sich auf etwas auszurichten und damit voll und ganz zu identifizieren, so dass ihr in den Zustand des Glaubens kommt. Ohne Glauben ist kein Leben möglich. Jeder ist immer in einem Zustand des Glaubens und des Vertrauens. Deswegen ist alles göttlich. Auch wenn ihr denkt, das habe nichts mit Gott zu tun.

Ich: Wie ist das gemeint?
E: Beispielsweise vertraust du dir – in der Gesundheit, in der Krankheit, beim Arbeiten, Bewegen, Entspannen, sich Materie schaffen; da bist du immer in einem Zustand, in einer Bewusstheit – im Glauben. Der Unterschied dabei ist, wie du etwas tust – in Liebe oder aus Zwang, aus Pflicht usw. Den Unterschied schaffst du dir selbst. Wie schon gesagt, *alles ist gleich*, nur die Konsequenzen sind anders.
„Tue alles aus Liebe." Dann bist du in einem liebenden Zustand, in der Bewusstheit. Dann spürst du, wie du Teil in meiner Schöpfung bist. Dann hast du keine Zweifel und Angst mehr. Du lässt geschehen im Glauben, dass das Beste für dich geschieht. Dein Herz ist nur noch von Freude und Dankbarkeit erfüllt.

*Glaube an dich,
an das Göttliche in dir –
und du erlebst die Welt
als dein Paradies.*

Ein Kind vertraut ganz dem Erwachsenen, es gibt sich hin, um zu überleben. Du glaubst, Sachen gelingen dir oder nicht. Der feste Glaube an mich führt dich in den Zustand der Gelassenheit, in die liebende Bewusstheit, die sich als Ebenbild Gottes sieht. Glaube ist ein absolutes Loslassen im Vertrauen auf Gott, auf dein höheres Selbst – und es wird geschehen.

Der Glaube beruht auf Kontinuität. Je mehr Kontinuität ihr erfahren habt, desto mehr Glauben und Stärke können sich entfalten. Der Glaube und das Vertrauen entfalten sich *in* euch. In der kollektiven Resonanz jedoch richtet sich der Glaube nach außen.

Je mehr bedingungslose Liebe ein Mensch als Erwachsener oder Kind erfährt, desto mehr freut er sich an der Welt und ist dem Göttlichen unverschleiert nahe. Bleibt mit den Menschen in Liebe, und jeder kann sich frei entfalten. Glaube an dich, an das Göttliche in dir – und du erlebst die Welt als dein Paradies. Glaube daran. Dein Leben selbst ist das größte Geschenk in meiner Schöpfung.

Ich: Wie das?

   E: Du bist auserwählt, in meiner Schöpfung auf Erden zu weilen und sie dir dienlich zu machen. Sie ist ein Teil von dir. Gehst du mit ihr sorgsam um? Gehst du mit dir, als mein Geschenk, sorgsam um? Daran kannst du dich als Einheit und in der Einheit erkennen. Gehe in dich, sei dein eigener Beobachter.

Gehe in die Stille – vereinige dich – lass es geschehen – das ist Heilung. Du gehst bewusst zurück in die Einheit. Du bist zu Hause. Du in allem und alles in dir.

Erschaffen

E: „Ihr seid mir zum Bilde geschaffen. Du bist mein Ebenbild."
(Epheser 4,24)
Ich kann es nicht oft genug sagen – und es kommt in eurem Bewusst-sein nicht an.
Es ist so einfach, doch für euch unglaublich. Wie eure Vorstellung ist, so bin ich. Ich bin du und du bist ich.

Ihr traut euch nicht, so zu denken. Es ist für euch zu unangemessen, und somit habe ich in meiner Verwirklichung keine Chance. Ihr könnt alles selber erschaffen, ihr macht es auch mit euren Gedanken, eurem Willen, euren Handlungen. Beobachte dich, beobachte die Menschheit.

„Wo ein Wille, ist auch ein Weg." Ihr seid der Weg, weil ich es bin. Mit „Weg" stellt ihr euch immer eine lange Entwicklung, eine lange Zeit vor. Seht das Wort „Weg" doch als den Moment des Erschaffens nach eurem Willen.

Ich: Bitte gib mir ein Beispiel.
E: Schau doch die Mondlandung an. Es war der absolute Wunsch mehrerer Nationen, dies zu schaffen. In erster Linie setzten sie ihre Willenskraft ein. Sie waren von der Idee begeistert und setzten ihr Denken in die Tat um.

Ich: Wenn du das als Beispiel nimmst, muss ich sagen, dass es ein langer Weg der Entwicklung war.
E: Es hat eine Weile gedauert. Für Außenstehende war es so. Doch jede einzelne Erkenntnis und das Zusammensetzen der Bruchstücke

war für die Spezialisten revolutionär. Es war ein Hineinschreiten in die Möglichkeiten. Entscheidend ist immer die Erkenntnis und die Entwicklung für denjenigen oder diejenigen, die es gerade tun.

Hier siehst du deutlich, wie sich die Erkenntnis von Einzelnen auf die ganze Menschheit auswirkt. Es ist eine Art Magnetismus, durch den andere Seelen sofort in der Entwicklung weiterwirken, wo der eine aufgehört hat. Dieses Beispiel zeigt, was unmöglich erscheint, wird durch unbegrenzte Willenskraft entdeckt.

Ich: Was bedeutet Erschaffen?
E: Mit eurem Willen erschafft ihr ständig eure Welt – unbewusst.

Ich: Aber ich will nicht alles so, wie es ist.
E: Deine Gedanken sind es, die erschaffen. Ihr lebt in der Unbewusstheit und lasst euch vom Leben leben. Sieh doch Ursache und Wirkung. Es ist so einfach, die Grundstruktur. Das Urteilen über euch, der Umgang mit euch und mit anderen ist wie die reine Verleumdung (natürlich unbewusst).

Ich: Was? Mir klopft das Herz bei diesen Worten.
E: Ja, weil euch die Bedeutung dessen nicht bewusst ist, was ihr tut. Ihr seid euer Gott. Ihr seid ganz, ihr seid ein Teil ohne Trennung und ohne Übergang ins Ganze.

Ich: Ich verstehe gar nichts mehr. Bitte ein Beispiel.
E: Ihr handelt, handelt oft wie blind in den Nebel hinein.

Ich: Was?
E: Ja.

Ich: Wir wissen es doch nicht besser. Sag es uns doch.

E: Ich habe es schon oft gesagt, ihr wisst es im Inneren, weil ich du bin. Aber jetzt sehe ich deine Reife, deine Bereitschaft, dass du es aus dir heraus er-hören willst.

Ihr wisst alles, alles, alles! Doch mit eurem ständigen Verleugnen und Zudecken eures wahren Selbst habt ihr die Göttlichen Möglichkeiten in euch verfehlt. Ihr wundert euch über Petrus. Er hat Jesus, obwohl er von seiner Bedeutung wusste, dreimal verleugnet. Das ist nur ein offensichtliches Beispiel für das, was ihr ständig, ständig tut – in erster Linie in euch und dann mit den anderen. „Denn sie wissen nicht, was sie tun."

Ich: Was heißt „Göttliche Möglichkeiten" verfehlt?

E: Schaut euch an. Ihr vertraut in erster Linie auf euren Verstand, weil ihr nur aus ihm heraus eure Erfahrungen macht und machen wollt. Ihr verlasst euch nur auf euch und grenzt euch damit stark ein. Ein bisschen anders denken ist schon Utopie. Und so erschafft ihr auch eure Welt. Euer Wille richtet sich nach eurem begrenzten Verstand. Doch manchmal brechen eure Wünsche aus. Wenn ihr eure Wünsche manifestiert, werden sie zu eurer Wirklichkeit.

Somit erschafft ihr euch eure Welt. Doch um zu „erschaffen", physisch wie geistig, denkt ihr, ihr müsstet euch sehr anstrengen. So empfindet ihr. Ihr erschafft aber nach euren Möglichkeiten, weil ich es bin in dir und du in mir – GOTT. Weil du nach meinem Ebenbild bist. Wenn du mir die Ehre geben willst, dann gib sie dir selbst. Ehre dich, mich als mein, dein Geschöpf. Was macht ihr damit? Schau dich um, in welchem Sumpf sie sich ehren, ihr Ebenbild.

Erhebt euch in die Liebe und in mein Ebenbild. Und ihr werdet erstrahlen in meiner, in deiner Göttlichen Bewusstheit.

Ich: Und was bedeutet Entdecken?
E: Das weißt du genau. Warum fragst du?

Ich: Stimmt. Ich möchte es bitte in Klarheit zu Papier bringen.
E: Entdecken ist das Aufschlüsseln, das Aufdecken eures wahren Selbst, das Aufdecken des Göttlichen in euch. Ihr möchtet, habt den Wunsch, euch zu desillusionieren und euch damit in euer wahres Selbst hinein zu erkennen; die Wahrheit und somit die Unbegrenzten Göttlichen Möglichkeiten in euch und um euch zu erschaffen.

Ich: Ich spüre, es ist klar.
E: Merkst du, alleine deine Bereitschaft und Offenheit für etwas lässt geschehen, weil du es selber bist. Merke es bitte, bitte: Du und alle sind die eigenen Erschaffer.

Ihr verbindet mich immer mit etwas außerhalb von euch: „Gott ist gut." Ihr wundert euch, dass es vielen auf der Welt oder euch schlecht geht, obwohl ihr betet. Warum wundert ihr euch? Ursache und Wirkung, ihr erschafft sie selbst, weil ihr Gott – die Allmacht – seid.
„Wo zwei oder drei in meinem Namen versammelt sind" – damit ist diese Gottenergie gemeint. Egal, was ihr tut: Es wird geschehen – im Positiven wie im Negativen (hier eine Wertung, damit ihr „Gottenergie" verstehen und in Bewusstheit leben könnt). Doch ihr schießt gedanken- und gefühllos mit eurer Gottenergie herum, und dann kommt das heraus, was für einzelne Gruppen und somit für die Menschheit herauskommt.

Ich: Hilfe – das prasselt ja auf mich ein! Wie können wir das ändern?
E: Ganz einfach, indem euch bewusst ist, dass und was ihr erschafft. Ihr seid es immer selbst.

Wenn jedem bewusst ist, dass es immer um sein Leben, um sein Erschaffen, um sein Entdecken geht, geht er achtsam damit um. Die Allmacht liegt in der Bewusstheit von jedem von euch. Das Göttliche in euch entfaltet sich mit und aus der Liebe heraus zu eurem Paradies.

Ich hoffe, ihr seht das Wort „göttlich" nun nicht mehr als Synonym für „gut". Ich habe es hiermit ent-schlüsselt. Es liegt an deiner Allmacht, mit dieser für dich neuen Erkenntnis bewusster umzugehen.

Göttlich ist alles, Himmel und Hölle.
Göttlich ist keine Wertung.
Göttlich ist neutral – eben unbegrenzt.

Wer sich seiner Göttlichkeit bewusst ist, kann sich unbegrenzt den Himmel oder die Hölle erschaffen. Es liegt alles in deiner göttlichen Hand. Göttlich ist der Weg in euren Himmel. Göttlich ist der Weg in eure Hölle. Es ist gleich.

Gottenergie ist eine neutrale Kraft in euch, die ihr anzapfen und mit der ihr eure Welt erschaffen könnt.

Ich: Mein Gott!
Ich stehe vor dem Abgrund und vor dem Himmel. Und jetzt? Was mache ich jetzt? Mir wird mit dieser Allmacht in mir ganz schwindlig. Für mich ist das unglaublich, ja, ungeheuerlich! Sag doch, was soll ich tun?
    E: Es ändert sich in der Bewusstheit „Leben" nichts, weil du dir der Konsequenzen deines Handelns bewusst bist. Lediglich kannst du deine Allmacht in dir mehr auskosten, genießen, feiern. Probiere es doch aus.

Noch einmal: Sondere dich nicht ab. Sei achtsam, sonst trennst du, und es gibt Gegner.

Erblühe in deiner Erkenntnis und mit deiner Erkenntnis. Du wirst erkennen und wirst schweigend handeln. Du lässt dein Göttliches in der Liebe entfalten.

Ich: Ja, so klingt es leichter für mich. Hilf mir bitte dabei, ich will es bewusst so.
E: Ja, du hilfst dir selbst dabei.

Ich: Warum spricht eine höhere Macht mit mir, wenn ich meinGott bin?
E: Ganz einfach, weil die höhere Macht du bist, nur nicht bewusst. Jetzt weißt du um die höhere Macht in dir nur bruchstückhaft. Deine Allmacht hilft dir zu entschlüsseln, so weit, wie es möglich ist. Deine Allmacht ist unbegrenzt.

Ich: Nach was richtet sich das?
E: Nach deinem Ermessen, was du dir zutraust.

Ich: Klingt das nicht nach Größenwahn?
E: Sei achtsam, vertraue dir selbst. Dann wird das Unmögliche möglich. Lebe so, dass du deinen Willen und deine Wünsche in der Wahrheit zu deiner wahren Ent-wicklung lebst. So lebst du ohne Reibung, in der Liebe zu dir.

Entfalte dich immer mehr, und du wirst für dich wie ein Schmetterling alle menschlichen Grenzen in der Liebe auflösen.

Selbstverwirklichung

E: Ihr habt den starken Wunsch, euch selbst zu verwirklichen. Ihr sucht und sucht. Ihr sucht, indem ihr euch absondert, abtrennt, eigene Wege geht. Bekommt einfach eine andere Bewusstheit dafür. Die Selbstverwirklichung liegt nicht im Absondern, im sich Herausheben und eine Sonderrolle spielen. Selbstverwirklichung heißt, selbst in seiner Wirklichkeit zu stehen.

Ich: Wie soll ich das tun?
E: Nur die Bewusstheit dahinter setzen, mehr nicht. Geschehen lassen – willentlich geschehen lassen. Das ist nichts anderes, wie in der Liebe stehen. Es ist alles eins, das Gleiche. Es ist nur ein Auf-sich-Besinnen, Auf-sich-Zurücken – zurück zu sich in Liebe. Selbstverwirklichung heißt, sich an sich zu erinnern, aus sich heraus zu handeln, zu lieben.

Durch Gelegenheiten (für euch sind es oft „Umstände") werdet ihr auf euch zurückgeworfen, um die Möglichkeit zu erhalten zur Auferstehung, zum Auf-decken, zur Ent-deckung der Eigenliebe. Ihr seid oft so abgelenkt und ihr wollt euch ablenken, sodass ihr euer wahres Selbst nur verkennt. Nicht in der Ablenkung, im Absondern, im Herausheben liegt eure Wirklichkeit, sondern im bewussten Einfließen wollen. In der Liebe liegt eure Wirklichkeit.

Ich: Wie soll dies geschehen?
E: Naja, wie immer: Durch Denken, Wollen, Glauben erfolgt Denken, Wollen, Handeln. Es wird geschehen. Wenn die Liebe einfließt, fließt ihr selbst ein. Macht das nicht von außen abhängig, von Gelegenheiten und Umständen. Stell dir das so vor: Du stehst in der Liebe.

Dein Körper steht, agiert in der Kraft. Dann wirst du genährt und gesättigt durch die Liebe.

Ich: Ein Beispiel, bitte!
E: Der Fisch im Wasser. Du bist der Fisch. Dein Körper schwimmt im Wasser/in der Liebe. Erkenne: Du bist mit deinem Körper nur ein Teil in der Liebe. Die Liebe ist alles, alles, alles. Der Fisch gehört zum Wasser, er ist nur im Wasser glücklich. Egal, wie die Umstände sind, das Wasser ist für ihn das Leben. Lehnt er das Wasser ab, sondert er sich ab, manövriert er sich (durch den Tod) in die nächste Dimension. Auch nicht schlimm.

Ein Fisch weiß, egal, was ihm auf seinem Weg begegnet, er will im Wasser bleiben. Er spürt, dass das Wasser gut für ihn ist. Würdet ihr auf euren wahren Willen, auf eure Intuition hören, könntet ihr mit Herz und Verstand ganzheitlich erfahren, dass das Schwimmen in eurer Liebe nur gut für euch ist.

Ein Fisch kann sich durch Öl verschmutzen, in scheinbar ausweglose Situationen geraten. Doch kann er auch tiefer oder weiter schwimmen, um der Verschmutzung zu entgehen. Der Mensch, wäre ihm sein Schwimmen in der Liebe bewusst, kann sich nicht verschmutzen. Seht das Wort „Verschmutzung" nicht als Wertung; „Verschmutzung" ist bei euch die Täuschung, die Ablenkung von euch selbst. Beobachte einen Fisch, er sieht viel im Wasser. Er sieht und schwimmt im Bewusstsein des Wassers. Er ist im Wasser. Dort, wo er hingehört.

Ich: Heißt das, nichts zu tun, Augen zu in der Situation und durch?
E: Interpretiere nicht nach deinen Vorstellungen. Der Fisch hält die Augen offen. Es gibt wirklich nur wenige Situationen, bei denen

du eingreifen sollst. Sei dir bewusst, du kannst nur für dich, von dir, aus deinem Blickwinkel, aufgrund deiner Erlebnisse, deiner Vorlieben usw. sprechen. In dieser Bewusstheit willst du niemandem die Willenskraft nehmen, du wirst ihm mit wohlgesinnter, liebender Einstellung begegnen. So ist eure Begegnung geheiligt – und sie wird auch heil – heilig – verlaufen.

Heil ist, wenn du dir und dem anderen wirklich in Liebe beistehst, wenn du ihm beistehst beim Entschlüsseln, nicht beim Verschlüsseln. Sieh es immer im Großen und Ganzen. Lass in dir, in der Gemeinschaft nur Liebe geschehen. Nur das denken, dann wird es geschehen, auch wenn ihr im Augenblick oft nur Bruchstücke versteht, weil es eure Vorstellungskraft übersteigt. In der Liebe ist alles ganz, heil und vollkommen.

Denke an den Fisch im Wasser. Das Wasser ist immer da. Verwirklicht euch bewusst in der Liebe. Sie ist und bleibt immer da. Löst euch bewusst ins Ganze. Mehr ist es nicht.

Ich: Soll ich mich winden wie ein Fisch?
E: Ja, aber ohne Wertung. „Winden" wertet ihr stark ab. Der Fisch schwimmt, er lässt sich bewusst mit dem Wasser treiben. Eure Erde ist ohne Ecken und Kanten. Auch ihr seid rund ohne Ecken und Kanten.
Fast immer, wenn ihr in ein Geschehen eingreift, geht ein Urteilen voraus. Je weniger du eingreifst, desto mehr lässt du dem anderen seinen freien Willen, umso einfacher, leichter ist es für dich. Fast jedes Eingreifen gründet auf deinen Vorstellungen, wie etwas zu sein hat, und je öfter du eingreifst, desto verstrickter wird es für den anderen. Du drückst ihm dein Bild, deine Vorstellungen und Handlungen auf, die nicht seine wären.

Ich: Wenn aber die Folge einer Handlung positiv für ihn ist?
E: Es ist doch alles gleich.

Ich: Und wenn ich jemanden aus Liebe vor Schaden bewahren will?
E: Aus Liebe heißt, den anderen nicht mit Vorschlägen zu erschlagen oder mit Vorstellungen zu ersticken oder die Dinge als Schaden zu bewerten. Es gibt kein „du musst" und „du sollst".

Ich: Wenn ich aber aus meiner Erfahrung heraus weiß, dass einiges besser oder leichter wäre, warum soll ich es dann nicht sagen?
E: Warum sagst du es nicht? Was hindert dich daran? Du kannst doch aus deiner, nur aus deiner Situation sprechen, die deine Welt beinhaltet. Doch achte immer den freien Willen des anderen. Er geht seinen Weg, nur seinen. Wie jeder nur seinen Weg geht.

In Notsituationen kannst du handeln, wie du willst. Hier ist nicht dein Wille gefragt, sondern dein Handeln. Doch auch dann entscheidest du nach deinem Willen, ob du handeln willst oder nicht.

Sich beraten, besprechen, austauschen – gut, solange du niemandem deine Meinung aufzwingst und ihn nicht in seiner wahren Entscheidungs-Freiheit hinderst. Beobachtet euch, wie oft werdet ihr wirklich nach eurer Meinung gefragt? Eure Meinung gilt nur für euch. Trommelt den anderen nicht mit Worten zu, wie Paukenschläge. Lasst die Schwingung der Liebe und eure liebenden, segnenden Gedanken wirken und eilt nicht mit Worten voraus.

Lasst die anderen sein, so wie ihr sein dürft.
Begegnet jedem mit liebendem Gleichmut.

Lasst alle frei, frei, frei.

Göttliche Offenbarung

Ich: Ich spüre einen großen Unterschied, wenn ich die Informationen bekomme und aufschreibe. Es ist für mich ganzheitlich und sehr intensiv. Doch wenn ich diese Informationen in meinem engsten Kreis weitergebe, sind es nur die Worte. Die anderen können sie nicht nachempfinden, z. B. die Kraft, die dahintersteckt, wenn ich in die höchste Schwingung gehe. Eigentlich ist das bei allen Informationen so. Oft bin ich von den Informationen überwältigt. Dann schau ich mich in meinem Umfeld um – und alles ist so ruhig, so gleich, so normal, dass ich mich manchmal frage, was war denn das?

E: Siehst du, so ist es auch, wenn ihr die Bibel oder andere heilende Schriften nur lest. Jetzt merkst du den Unterschied. Nur Worte – Worte sind nicht gleich Worte. Sieh die Worte ganzheitlich.

Ich: Wie denn?

E: Geh in die Schwingung der Worte, und du erlebst jedes Wort mit starker Intensität. Auch bei euch werden viele Worte intensiv erlebt. Das gehört zu eurer Gewohnheit.

Ich: Gib mir bitte ein Beispiel.

E: Kraftausdrücke. Ihr drückt mit Kraft und Intensität Laute aus euch heraus, die euch ent-laden. Für euch ist es gut so, ent-spannend. Doch könntet ihr dieses Aufladen, das ihr im Verstand tut, vermeiden. Ihr verausgabt euch, schnürt euch ein und drosselt dadurch den Energiefluss der Liebe, deckt euch zu. Ihr nennt es auspowern. Dann konzentriert ihr euch, sehnt euch nach Ruhe, Frieden, Urlaub. Ihr nehmt euch eine Auszeit, entspannt manchmal physisch.

Doch die Seele haftet am Geschehen, weil ihr es ganzheitlich und mit Intensität erlebt habt. Ihr überdeckt euch weiter und zwingt euch zum Alltag.

Ich: Wie können wir das vermeiden?

E: In der Hingabe an das Göttliche in euch. Dann seht ihr alles aus einem anderen Blickwinkel, stellt euch und alle anderen ins Licht, lasst alles im Licht stehen, strahlen. Dann erlebt ihr den Frieden, die Liebe ganzheitlich intensiv. Ihr seid es nur nicht gewohnt. Geht bewusst in die Schwingung der Offenbarungen und ihr werdet diese Intensität – mich in euch – erfahren, egal, ob ihr sie lest oder hört.

Ihr spürt und erfahrt, Worte sind nicht gleich Worte. Dann werden Worte zum Ausdruck eures „Selbst". Mit diesem Wissen, diesen Erfahrungen werdet ihr in euch als Folge davon automatisch achtsam, achtsam, achtsam. In der Sonne, im Licht brauchst du niemandem mehr vergeben, weil du ihn nicht mehr zum Verurteilen in den Schatten gestellt oder getrieben hast.

Merkt ihr nicht, euer Verstand dreht sich Tag und Nacht. Nacht ist nicht immer Schatten, Dunkelheit und Angst. Mach den Tag und die Nacht zu deiner Gnade. Dann bedeutet „Nacht" in sich gehen, innehalten, Ruhe genießen, Frieden einatmen, dich/mich im Innersten berühren. Dann ist „Tag" das Geschenk der Nacht, das Erlebte am Tag ausleben, ausatmen. Rate mal, was dabei herauskommt!

Ich: Für mich ganz klar: Frieden, Liebe, Freude, dass ich bin.

E: In dieser Bewusstheit erlebst du die Worte „Der Mensch ist zu meinem Bilde geschaffen" in einer großen Intensität, in hoher Schwingung. (1 Mos. 1,27)

„Ich liebe mich/dich. Du bist mein Geschenk an mich."

Wie willst du leben? Du hast die Wahl.

P. S.: Alle Menschen, die diese Briefe, meine Briefe, durch dich lesen, haben die gleichen Möglichkeiten wie du. Alle sind gleich. Es gibt keine Ausnahmen. Die Ausnahmen bildet ihr mit eurem Willen und Verstand. Denk daran: Du bist ich und jeder. Jeder ist du und ich.

Die Einheit im Heiligen Geist bedeutet Heilen in der Vollendung.

Amen, so sei es jetzt und alle Zeit und in Ewigkeit.

Nach dieser Offenbarung bin ich freudig gerührt und entlade mich in Tränen, Tränen, Tränen.

*Lasse den Menschen,
über den du sprichst,
im Licht stehen,
sonst erlebst du nur
seine Schatten.*

Kapitel 4
... und hätte ich die Liebe nicht

Was ist Liebe?

E: Ihr sprecht und singt viel über die Liebe und versucht, die Liebe zu leben. Jeder hat dazu seine eigenen Vorstellungen, Erfahrungen, Wahrnehmungen und Gedankenverbindungen.

Was ist die Liebe? Was ist lieben? Liebe ist eine Sehnsucht, die erfüllt, die erfühlt werden will. Liebe ist das Bedürfnis in jedem Menschen, ein Gefühl der Glückseligkeit in sich zu ent-decken. Viele wissen nicht um die Konsequenzen, wenn sie die Liebe nicht in sich erfahren.

Was also ist Liebe? Liebe ist ein Zustand, der über den Verstand nicht erlebt werden kann.
Der Verstand kommt ein bisschen zu Hilfe, mehr aber nicht.
Die Liebe ist leise. Sie lässt sich nicht in Worten sagen. „Nur die Liebe trägt, Worte tragen zur Last."

Liebe ist die reine, reine Seelenebene. Liebe ist die Wandlung des verstandgesteuerten Handelns in die Erfahrung der Bewusstheit.

Diese Wandlung wird vom Willen und der Absicht bestimmt. Eine solche Wandlung setzt frohe, segensreiche, friedvolle und freudvolle Gedanken, wohlgesinnte Wünsche voraus. Zum Entfalten dieses immerwährenden Liebesakts braucht es den Willen, die Absicht und die Dauerhaftigkeit des Menschen. Und es braucht die Bereitschaft, die festen Vorstellungen darüber, wie etwas zu sein hat, aufzugeben.

Das alles könnt ihr an euren Mitmenschen erproben. Ihr könnt damit experimentieren, im Positiven über euch reflektieren, euch beobachten, euch erfahren. Ihr könnt ausprobieren, wie sich das Leben für ein paar Stunden oder ein paar Tage anfühlt, wenn ihr euch gut gesinnt seid, wenn ihr weich mit euch umgeht, wenn ihr euch ein-redet, betet:

Ich bin ein Segen für mich
oder
Danke, dass ich bin
oder
Ich liebe mich

(Euch innerlich klein zu machen, darin seid ihr ja Meister!)

Geht dabei von innen nach außen. Macht euch bewusst, was ihr den ganzen Tag tut, und wie ihr es tut. Welche Gedanken begleiten euch dabei? Beobachtet euch, wie ihr euch programmiert.
Dieses Bewusstmachen, was ihr in euren Denkmustern veranstaltet, hilft euch, dass ihr sie auch bewusst ändern könnt – hin zum heilsamen Denken.

Ihr wollt oft etwas, wünscht es euch, betet bewusst dafür, setzt euch für kurze Zeit in die göttliche Bewusstheit, in eure Allmacht – und gebt schließlich euren unbewussten, zweifelnden, ungläubigen Gedanken wieder Raum. Ihr könnt das an euren Redensarten beobachten: „Ich probier's mal, aber ich glaube nicht daran." „Vielleicht." „Mal sehen." Wie oft denkt und sagt ihr das? So programmiert ihr euch. Ihr programmiert euch auf Versagensängste, ihr entfernt euch von eurer Eigenliebe.

Manchmal, wenn das Gewünschte aber doch passiert, seid ihr erstaunt und könnt es kaum glauben – und ihr könnt es kaum annehmen. Ich sehe immer wieder, wie schnell ihr in die negative Spirale abdriftet. Je mehr ihr das erkennt, desto weniger verweilt ihr dort, und ihr kommt auch schneller heraus: mit einem einfachen positiven Gedanken, den ihr euch für diesen Tag ausgesucht habt oder auch für längere Zeit.

Geht achtsam mit euch um, dann begegnen euch schon die entsprechenden Situationen. Entschließt euch, euch ganzheitlich zu erfahren, und es wird geschehen. Erkennt eure Qualitäten und setzt eure Allmacht mit bewusstem Willen freudvoll für euch ein. „Mit meinem bewussten Willen, konzentriert auf mein Ziel gerichtet, verbunden mit meiner Absicht, kann ich in meinem Leben alles erreichen."

Ich: Und was kann ich erreichen?
  E: Das, was jeder Mensch erreichen will: ein glückliches Gefühl, inneren Frieden, immerwährende Freude. Das Paradies auf Erden. Dies alles, alles, alles ist Ausdruck und Ausbruch der Liebe in mir, zu dir.

Ich: Wie kann ich das erreichen?

E: Ganz einfach. Gehe weg von deinen Vor-Stellungen, wie etwas zu sein hat. Lass dich auf das „Abenteuer Leben" ein. Im Bewusstsein, in der Absicht, im Glauben daran, dass das Beste für dich geschieht. In der Hingabe an die göttliche Allmacht in dir. „Ich bin das Geschenk." „Mein Leben ist mein göttliches Geschenk."

Gehe sorgsam, würdevoll, barmherzig, warmherzig mit dir und den anderen um.
Hole dich gnädig dort ab, wo du stehst.
Wenn du dir das wert bist, werden die anderen dies erspüren, erfahren, sehen, wie du mit dir und anderen umgehst.

Nimm das Leben von Jesus als Beispiel: Urteile nicht ständig über dich und andere, verurteile weder dich noch andere. Sei tolerant zu dir und zu den anderen. Jeder geht seinen eigenen Weg, mit seinem freien Willen. Jeder hat seine eigene Wahrnehmung und somit seine eigene Wahrheit.

Ich: Du sagst viel, doch eine Definition der wahren Liebe ist das nicht.
E: Doch. *Euer Leben – das ist die wahre Liebe.* Schon euer Wunsch, eure Absicht, „Ich will die wahre Liebe in diesem Leben erfahren, erfühlen, entdecken" ist Liebe. Und in Verbindung mit dem Göttlichen in dir, im Glauben an dich, wird es geschehen. Lass es willentlich geschehen. Lass los, lass locker – löse dich von allen Mustern, Denkweisen, Erinnerungen und Vorstellungen, wie etwas zu sein hat. Gib dich bewusst im Vertrauen dem Fluss des Lebens hin. Nimm die Dinge an, die du nicht ändern kannst (meist geht es dabei um die Freiheit der anderen) – „Wie es ist, so ist es".
Stell dich bewusst auf das Abenteuer LEBEN ein, und das Leben wird sich für dich ent-wickeln, ent-schlüsseln.

Bist du dir deiner bewusst? Deines Geschenks? Umgib dich mit Menschen, die andere nicht benutzen, sondern den Wunsch und den Traum haben, mit „Gleichgesinnten" ihr Leben zu verbringen. Ihr müsst nur wollen, wollen, wollen – und vor allem genau wissen, *was* ihr wollt.

Ihr habt die Wahl, euch die Hölle oder den Himmel zu erschaffen.
Warum wählt nicht jeder den Himmel?
Ihr kennt den Weg in eure eigene Hölle gut.
Warum verweilt ihr dort so lange?

Im Leben von jedem von euch gibt es beispielhafte Menschen, die nicht in der Kreuzigung stehengeblieben sind, sondern im Vertrauen auf das Göttliche in sich selbst den Weg in die Auferstehung gewagt haben, die sich erhoben haben als eine „Frohbotschaft" in ihrem eigenen Leben.

Wäre euch das GESCHENK LEBEN bewusst, würdet ihr euch nur noch freuen.
Was tut ihr? Ihr tretet das Geschenk willentlich mit Füßen. Ist auch nicht schlimm. Ihr seid bedingungslos angenommen. Nur macht ihr euch durch die Abwesenheit von Freude das Leben oft zur Last. Bleibt ihr aber in der Last stecken, habt ihr zu nichts oder zu wenig Lust. Was ihr aber aus Liebe tut, das heißt, bewusst und absichtsvoll gern tut, ist zur Freude geboren. Dann stimmt euer Denken mit eurem Wollen und Handeln überein. Warum aber denkt ihr so und handelt anders? Das kann man ja nicht einmal mit dem Verstand verstehen!

Noch einmal: Tue alles, alles gerne. Setze dazu deinen Willen und deine Absicht ein. Tue es, und es wird in Freude geschehen. Gehe

weg von berechnenden Vorstellungen, „Wenn ich dies tue, dann …"
Deine innere Einstellung hängt nicht von irgendeiner Tätigkeit ab. *Wie* du etwas tust (nicht *was*), hängt immer von deinem Willen und deiner Absicht ab.

Ich rate dir, erschaffe dir den Himmel in dir und du wirst das Paradies erleben.

Eigenliebe ist das Leben.
Eigenliebe ist das Schmeicheln der Seele.

*In der Liebe gibt es
nichts Unmögliches,
alles ist möglich,
weil es die Liebe ist.*

Eigenliebe – Egoismus

E: Eins mit dir bist du, wenn dein Denken, Wollen und Handeln im Einklang sind. Und wenn du in Liebe handelst, ist dies Eigenliebe. Wisst: Liebende, segensreiche Gedanken führen zu Wohl-wollen. Wohlwollen führt zu gnadenreichen Handlungen. Die Handlungen sind nur deine. Vergleiche nicht.

Du willst dich wohl und glücklich fühlen. Deshalb: Was immer du denken willst, denke es in Liebe. Es ist für dich, nur für dich – und alles, alles andere in deiner Welt, in meiner Schöpfung, ergibt sich. Hege wohlwollende Gedanken für den Augenblick, für dich und für andere, das stärkt deine Eigenliebe. Wohlwollende Gedanken kommen von Herzen (von innen nach außen). Sie fällen kein Urteil. Die Folge davon ist: geschehen lassen, und es wird geschehen.

Ich: Was wird geschehen?
E: Es ist ein Fließen lassen. Die Handlungen werden in Liebe vollzogen, und du urteilst nicht mehr darüber. Die Handlungen geschehen aus der Selbstverständlichkeit. Entscheidend ist die Liebe, die Liebe zu euch und zu allen anderen. Es ist die selbstverständliche Bedingungslosigkeit. Ohne Wertung, ohne Vergleichen, ohne Erwartungen.

So seid ihr die Selbstverständlichkeit in Person, für euch selbst und für andere. Und euer Wirken in dieser Bewusstheit ist ein selbstverständliches Fließen, ein Ein-fließen, Ver-fließen, Über-fließen in die Schöpfung (von innen nach außen) sowie aus der Schöpfung (von außen nach innen). Merkst du, es entsteht ein Kreislauf. Von dir ist es ein Ausfließen – und aus der Schöpfung zu dir ein Einfließen.

So erfährst du die Verbindung mit dir, mit allem und jedem. Dein Wirken ist organisch unbegrenzt. Du brauchst dich hier auf dem Planeten: einerseits, um dich als Person zu manifestieren, und andererseits, um dich bewusst zu deinem freien, wahren Selbst zu entwickeln.

Hafte nicht an Personen, an der Hülle, greife nicht nach ihnen – du greifst ins Leere. Lege deine Bewusstheit auf das „Höhere Selbst", auf das Göttliche in dir, in jedem und in allem. So kommt deine Eigenliebe zum Ausdruck und zum Fließen in dir, in jedem und in allem.

Die Eigenliebe ist unbegrenzt, wie du – jeder und alles ist und bleibt für Ewigkeit. Merkst du, so löst sich die Trennung auf zwischen der Eigenliebe und der Liebe zu anderen. Ihr habt eine zu enge Vorstellung von Eigenliebe.

Ich: Was ist der Unterschied zwischen Eigenliebe und Egoismus?
E: Du kannst erfühlen, was ich mit Eigenliebe meine. Egoismus hat nichts mit Liebe zu tun, Egoismus hat nichts mit Eigenliebe zu tun. Egoismus und Eigenliebe können nicht verglichen werden.

Liebe ist alles, alles, alles.
Liebe ist Sein.
Liebe ist mein und dein.
Liebe ist die Vollendung.
Ihr seid in der Vollendung.

Zwischen bedingungsloser Liebe und egoistischer Liebe gibt es kein Wechselspiel. In der Schöpfung fließt immer die bedingungslose Liebe. Ihr deckt sie nur willentlich zu, ihr deckt sie ab, überschichtet sie.

Ich: Und jetzt? Wie komme ich von der Vorstellung der egoistischen Liebe weg?

E: Wenn du die Bewusstheit der bedingungslosen Liebe aufdecken willst, was du ja schon gemacht hast, dann lasse willentlich, wohlwollend geschehen – und es ist geschehen.

Egoismus ist Trennung, Egoismus zieht Grenzen. Damit beschneidet ihr euch, eure Freiheit und die der anderen.
Beobachtet euch: Wenn ihr egoistisch handelt, geht dem meistens ein vorstellendes Denken und Urteilen, ein Verurteilen und vermeintliches Besserwissen voraus. Ihr seht nicht nur die Tatsachen, sondern sucht gleich Begründungen für euch, warum ihr so handelt. Ihr sucht euren Vorteil. Ihr teilt schon vor.

Als Teil der Schöpfung wollt ihr euch bewusst herausheben und strengt euch an. Warum?
Ihr seid so geblendet, dass ihr denkt, durch das Suchen nach Vorteilen hättet ihr es besser, wärt ihr freier. Doch so haltet ihr die Liebe in euch zurück. Bleibt lieber bewusst im Stand der Liebe, sonst verrennt ihr euch, glaubt noch, dass das der Weg in die Unabhängigkeit, Freiheit und Sicherheit sei.

Ihr erhebt euch über andere, strengt euch an, um frei zu sein, und merkt gar nicht, dass ihr eurer Angst unterliegt. Sich herausheben wollen heißt, sich aus seinem Zentrum herausmanövrieren. Die Menschen blenden sich, dass sie vergessen, aus ihrem Zentrum zu leben. Sie werden gelebt.

Ich: Welche Frucht kann Egoismus tragen?

E: Nur Isolation, Selbstsucht, Angst, Enge – ein Einschnüren der Liebe.

Ich: Warum tun sich viele so etwas an?
E: Ich kann es dir sagen: Weil viele sich darin verstecken.

Egoistische Liebe bedeutet: Liebe nach eurer Vorstellung. Liebe bedeutet: Liebe ohne Vergleich.
„Liebe deinen Nächsten wie *dich* selbst." Das „wie" trennt nicht, niemals. Nur ihr denkt trennend. Du und dein Nächster, ihr seid in der Einheit, in der Schöpfung.

Was wollt ihr trennen, was strengt ihr euch an? Trennen und Anstrengen bedeutet, sich abzusondern, auszusondern. Ihr strengt euch für etwas an, das es hier nicht gibt. Egoismus ist alles, was du trennst, alles, was du vergleichst. Sich abheben durch Intelligenz, durch „richtiges" Handeln, durch herausragende Leistungen ist ein sich Absondern und Abwenden.

Ich: Das kann ich nicht vermeiden, was ist daran nicht gut? Mir soll es doch gut gehen.
E: Urteile nicht! Unterscheide nicht! „Gut" und „neutral", auch das ist ein Urteil.

Ich: Was du verlangst, ist sehr, sehr viel.
E: Höre! Ich verlange nichts, nichts. *(Ich erschrecke bis ins Mark.)* Du bist im Prozess des Aufdeckens, des Entschlüsselns. Stell dir vor, dein Schlüssel knackt im Schloss beim Drehen. Mehr nicht.

Ich: Ich bin überfordert und es tut mir wirklich weh, dieses ständige Umdenken. Im Moment kommt mir meine Denkweise unendlich falsch vor. Das Denken wird zur Last.
E: Warum?
Ich: Dieses Umdenken wirkt auf mich unmenschlich.

E: Warum?

Ich: Ich verliere so die Lust zu leben, weil ich mit dem Denken weder ein noch aus weiß, obwohl ich nicht lebensmüde bin.
E: Genau – weder ein noch aus. Es gibt nur zur gleichen Weile ein und aus, ein-mit-aus im Fluss. Welche Vorstellung hast du, die dich so belastet?

Ich: Heulendes Elend, mehr bleibt mir nicht übrig. Ich bin ohnmächtig, hilflos, trostlos, ich bin überfordert in meinem Denken. Aber viele Menschen sondern sich ab, und ihre Handlungen sind egoistisch.
E: Wäre ihnen bewusst, was sie da tun, würden sie sich nicht mit Anstrengung, Verkrampfung, Eigensucht absondern.

Ich: Sie tun es aber trotzdem und leben nicht schlecht dabei.
E: Sie haben nur eine andere Vorstellung vom Leben. Mehr nicht. „Egoistische" Menschen, die erlebst nur du so. Sie selber sehen es anders. Du siehst es so, weil bei dir die Liebe abwesend ist. Stell dir einmal vor: Diese „egoistischen Menschen" wecken in dir diese Resonanz nur deshalb, damit du weißt, was die Abwesenheit von Liebe ist; damit du dich auf-deckst im bewussten Wirkenwollen der bedingungslosen Liebe. Das ist nur ein Übungsfeld für dich. Mehr nicht. Solange du vergleichst, lebst auch du in der Täuschung und im Urteilen.

Ich: Ich bin einfach hier auf Erden, um für mich zu erkennen, was mir guttut in der Dualität. Um für mich das Beste zu erkennen, brauche ich die Unterscheidung, brauche ich mein eigenes Urteil. Sonst drehe ich mich doch im Wind und es tut mir nicht gut!
E: Denk an die Sonnenblume. Sie wendet sich im Sein der Sonne

zu. Alles ist gleich, alles hat die gleiche Bedeutung „im Sein", mehr gibt es nicht. Lass das auf dich wirken und schreibe dann weiter, wenn du noch Fragen hast.

Glaubst du, die Sonnenblume urteilt über das Gänseblümchen? Das hast auch du nicht nötig. Spürst du es? Das Gänseblümchen ist in seinem „Sein". Die Sonnenblume ist in ihrem „Sein". Verstrick dich nicht im Denken. In der Schöpfung ist alles von gleicher Bedeutung; auch eure „zweckgebundenen" Handlungen sind nicht mehr und nicht weniger wertvoll.

Ich: Aber ich muss doch wissen, was mir guttut.

E: Ja, so ist es. Und das brauchst du nur zu spüren; das brauchst du nicht über den Verstand zu wissen, darüber brauchst du nicht zu urteilen. Durch das Spüren, Fühlen kommst du vom Denken und Urteilen über andere weg. Lass das wieder wirken ... und dann frage mich weiter.

Noch einmal: Geh von deinen Vorstellungen und Urteilen weg, was „Egoismus" sei. Alles, was ihr als Egoismus bezeichnet, ist in Wahrheit nur reine Selbsttäuschung. Ich will dir ein Beispiel sagen. Die Abendsonne spiegelt sich in Nachbars Fenster und wirft das Licht zurück in deinen Raum, so dass dein Raum erhellt ist. Du weißt, diese Spiegelung ist nur für kurze Zeit. Du freust dich, weißt aber, das ist nur das Spiegelbild der Sonne. Ihre Kraft, ihre Intensität sind nicht spürbar. Es ist die Blendung, nicht die Sonne, die deinen Raum erhellt.

Auch „egoistisches" Verhalten (egoistisch nach *eurem* Urteil) ist ein Handeln in der Blendung, ist der Glaube an die Blendung. Diese Blendung schenkt euch vermeintliche Leichtigkeit. Und in dieser Leichtigkeit glaubt ihr, dauerhaftes Glück und Zufriedenheit zu finden.

Ich: Warum nicht, wenn man es nicht anders weiß?

E: Beobachte. Diese Menschen tragen in sich eine große Unruhe, sie sind weit entfernt von ihrer Ruhe. Sie rennen in der Blendung herum. Sie suchen, suchen, suchen. Und bald wissen sie nicht mehr, *wonach* sie überhaupt suchen. Sie irren ja im geblendeten Licht umher, wissen nicht mehr, wo die Sonne ist – sie haben vergessen, dass sie die Sonne sind!

Sonnenblume – weißt du, warum du hier verweilst?
Um *bewusst* Sonnenblume zu sein.

Die Sonnenblume strahlt für sich und bringt reiche Frucht.
Was bleibt, ist die Frucht und die immer wiederkehrende Erinnerung an die Blüte.
Die Blüte – das ist die Liebe deines Lebens.

Eigenliebe

*Je wichtiger du dich nimmst,
desto weniger Aktivität
suchst du im Außen.*

*Je mehr Bedeutung du dir gibst,
desto weniger Fürsorge
braucht dein Nächster.*

*Beobachte deinen Nächsten.
Er kann alleine atmen.
Er gibt dir ein Zeichen,
wenn er deine Hilfe braucht.*

Dankbarkeit

Ich: Ich habe gehört, dass Dankbarkeit aus der Bedingungslosigkeit zu sich selbst wächst. Kannst du mehr dazu sagen?

E: Ja, ja. Ihr denkt, ihr seid die einzigen Wesen, die sich zur Dankbarkeit entschließen können. Soll ich dir was sagen: Ihr seid die einzigen Wesen, die ihr euch, wenn ihr wollt, von der Bewusstheit der Dankbarkeit *ausschließt*. Der größte Teil der Menschheit tut das. Ist es denn so schwer? Ihr müsst doch gar nichts dafür tun: Nur im „Sein" ist die Dankbarkeit. Ohne wenn und aber. Nur in der Bewusstheit leben, „mein Leben ist ein Geschenk". Das ist es nur. Schaut euch doch die Tiere und Pflanzen an. Ihr denkt, ihr seid dem allen sehr überlegen. Dabei ist alles, alles andere rein im „Sein", im Annehmen und Geben.

Ich: Auf was willst du hinaus?

E: Ich will dir ein Beispiel geben. Schau dir einen Wald an. Jeder einzelne Baum hat seine Berechtigung.

Ich: Ich verstehe das im Zusammenhang mit Dankbarkeit nicht.

E: Merkst du, weil du von Dankbarkeit eine feste Vorstellung hast. Auf Dankbarkeit habt ihr eine starke Kollektivresonanz.

Ich: Kannst du mir das entschlüsseln?

E: Ihr denkt, bei Dankbarkeit müsstet ihr unterwürfig sein. Wenn ihr in die Dankbarkeit geht, vergleicht ihr euch oft mit anderen und dankt Gott, dass es euch nicht so schlecht geht, und wie gut ihr es doch habt. Dann seid ihr wieder zufrieden. Eurer Dankbarkeit geht unbewusst ein wertender Vergleich voraus. Dabei stehen die anderen nur in einem anderen Bewusstheitszustand. Mehr nicht. Sie bekommen ihre Chancen nur auf andere Art. Aus dieser Art von Dankbarkeit heraus, dass es euch gut geht und dem anderen nicht, wollt ihr dann oft helfen. Seht es doch im Ganzen. Ihr seht am anderen nur den Mangel und wollt helfen, ausgleichen, bemitleiden.

Ich: Das ist doch gut.

E: Ich kreide euch nicht an, was ihr glaubt. So ist es für euch, deshalb funktioniert es auch in eurer kollektiven Resonanz. Eure Handlung „Helfen" kann gleich bleiben, doch die Bewusstheit im Bezug auf Dankbarkeit kann sich, wenn ihr wollt, erweitern.

Ich: Wie denn?

E: Jede Situation ist vollkommen. Nur die Wege zum Entschlüsseln des Lebens, zur eigentlichen Mission der bedingungslosen Liebe, sind verschieden. Jeder nimmt das Leben anders wahr.

Ich: Naja, wenn jemand alles verliert und unter der Brücke landet – da kannst du nicht mehr sagen, jede Situation sei vollkommen.

E: Geh endlich von deiner Vorstellung weg. Es ist immer die Vollkommenheit in sich. Nur die Konsequenzen von Ursache und Wirkung sind unterschiedlich.

Ich: Das ist für mich schwer zu begreifen.

E: Je mehr deine Dankbarkeit dadurch entsteht, dass du dich mit anderen Menschen vergleichst, desto trennender ist deine Gegenwart. Wahre Dankbarkeit kommt aus dem Erkennen des „Gleichseins".

Ich: Ich kann es einfach nicht nachvollziehen!

E: Ich werde dir ein Beispiel sagen. Dankbarkeit aus Freude, aus Liebe erhebt euch zum wahren „Sein".

Ich: Wie ist das gemeint?

E: Wenn ihr wahre Freundschaften pflegt, freut ihr euch und seid dankbar, dass sie ohne Zwang, ohne Bedingung und Verpflichtung funktionieren. Ihr erfreut euch gegenseitig. Wenn ihr aber Gelegenheit bekommt, euer Bewusstsein durch sogenannte „Feinde" zu erweitern, dann kann die Bewusstheit der Dankbarkeit euch helfen, euer Karma aufzudecken. Wie schon so oft gesagt: Es geht immer um das eigene Leben. Je mehr ihr alles zur gleichen Gültigkeit erhebt, desto mehr steht ihr im „Sein", desto mehr steht ihr in der Liebe zur Dankbarkeit.

Ich: Liebe und Dankbarkeit sind doch unterschiedlich?
E: Nein.

Ich: Wie bitte?
E: Der Zustand ist gleich – Glückseligkeit.

Ich: Doch nicht immer.
E: Die Bewusstheit – das Stehen in Liebe und Dankbarkeit – ist ein Zustand und keine Euphorie. Dankbarkeit bedeutet, im erhebenden, hohen Zustand, in der Schwingung des „Seins" zu leben. Allein eure Bewusstheit, „Ich bin ein Teil der Schöpfung", lässt euch das Leben als Geschenk empfinden und erfüllt euch mit Dankbarkeit.

Wenn du ein Geschenk bekommst, bist du dem Schenkenden dankbar. Erfühle es: Du als Person bist selbst das Geschenk!

Wenn du das fühlst, weilst du im Zustand des Geschehens, in der bedingungslosen Liebe. Es muss nichts mehr wachsen. Wahre Dankbarkeit ist Bewusstheit für die Liebe. Auf der Seelenebene sind in der Liebe alle gleich, ob Erwachsener oder Kind, ob Fremder oder Vertrauter, ob Hund oder Katze, ob Tag oder Nacht.

Euch ist Dankbarkeit oft nur im Außen bewusst. Hast du schon einmal an dich gedacht? Dankbar, nur dass du bist. Dankbar für dich – dein Geschenk. Mehr nicht, mehr brauchst du nicht, als *das* bedingungslos anzunehmen. Liebe zu erfahren bedeutet Dankbarkeit, dass du lieben kannst.

Sein im Dank.
Nicht Dank im Sein.

Ich: Ich kann da nicht mehr folgen.
 E: Merkst du, du strengst dich mit dem Kopf an, mit dem Verstand.

Ich: Ich will die Lösung bitte jetzt wissen.
 E: Du wirst die Lösung *erfahren*, sonst kommst du aus deiner Vorstellung nicht heraus. Loslassen, locker lassen, lösen. Dein Wille ist dein Himmelreich. Es wird die Weile kommen, in der Dank dein Leben ist. Es ist nur eine andere Bewusstheit, die Leben heißt.

Ich: Ich verstehe den Unterschied von „Sein im Dank" und „Dank im Sein" nicht. Das ist mir zu hoch.
 E: Noch, weil es deiner Vorstellung zuwiderläuft. Geh weg vom Nachdenken. Lass es doch willentlich geschehen. Es wird geschehen.

Ich: Soll ich einfach aufgeben, weil es unbegreiflich ist?
 E: Nein. Es ist nur ein Weiter-Gehen.

Ich: Übergehen?

E: Nein. Geschehen, alles ist Geschehen. Hier, im „Sein"-Zustand, im Erleben der Dankbarkeit, kannst du Rückschlüsse ziehen. Mit einem Aha-Erlebnis. Lass es unendlich geschehen, lasse es, lasse es.

Ich: Ich lass mich überraschen.

E: Glaubst du. Ha! Du merkst gar nicht, wie du mit dem Verstand darauf wartest.

Ich (*sehr ungeduldig*): Ich kann es einfach nicht begreifen! Oh – wahrscheinlich ist das ein Gewohnheitsmuster. Hilf mir doch einfach.

E: Wenn du es willst. Jetzt sagst du es zum ersten Mal. Wenn du es willst, dann tue ich das: „Die Dankbarkeit leben."

[*Kurzmitteilungen von E an drei aufeinanderfolgenden Tagen*]

Im Sein ist die Bewusstheit der Dankbarkeit, dass du bist.

Im reinen Genießen eures Lebens liegt die Dankbarkeit.

Gehe weg von der Vorstellung des Genießens. Genieße in dir, von dir alles, was du tust, was du tun kannst.

E: Ich will dir ein Beispiel geben. Probiere mit geschlossenen Augen, deine Atmung zu beherrschen – willentlich. Zähle beim langsamen Einatmen bis 12. Dann halte die Luft an, zähle dabei wieder bis 12. Und beim Ausatmen zähle erneut bis 12.

Du merkst und beobachtest, wie die Luft einströmt und ausströmt. Du erfährst, dass deine Atmung deinem Willen unterworfen ist, wenn du es willst. Bei dieser Übung füllen sich Herz und Lunge mit Sauerstoff – mit Energie. Der Kopf wird frei. Genieße das von innen nach außen.

Ich: Warum wiederholst du dich?
E: Beobachte dich von *innen nach außen*.

Ich: Sage oder zeige mir den Unterschied.
E: Ihr seid z. B. dankbar, dass ihr laufen könnt, also von außen nach innen. Der Unterschied: Dein Fuß bewegt sich dankbar für das, was ihr könnt, weiter von Stein zu Stein.

Ich: Ist mir nicht so klar das Ganze.
E: Ihr sagt zum Beispiel: Danke, dass ich schwimmen kann; eure Bewusstheit geht also vom Schwimmen zum Dank hin – von außen nach innen.

„Ich kann meine Atmung so koordinieren, dass ich in meiner Einheit bin, wann ich will" – das ist Bewusstsein „von innen nach außen", das bedeutet „Sein im Dank".

Ich: Ist das nicht etwas kompliziert?
E: Nein, nein, wenn du vom Bewusstsein in die *Bewusstheit* kommst, siehst du alles von innen nach außen.

Ich: Noch ein Beispiel bitte.
E: Du nimmst einen Apfel vom Baum und sagst „Danke für den Apfel". Die Bewusstheit dazu ist: „Ich bewege mich mit meinem Körper, meinen Gedanken, meinem Wollen so, dass ich den Apfel holen und genießen kann." Hinter diesem Genießen steht auch dein Wille, dein Ziel zu erreichen. Du genießt es, dass du *bist*.

Ich: Jetzt spüre ich, ich kann es langsam nachvollziehen.

E: Lass diese Weile, du bist Mensch.

Ich: Ja, danke. Das Menschsein in mir, von dir, von mir, zu mir, zu dir. Dein Ebenbild in mir, zu mir, aus mir. „Ja, göttlich Menschsein", von innen nach außen.
Zum Beispiel sehe ich eine Blume und bedanke mich – in der Bewusstheit zu mir: Mein Auge hat die Fähigkeit, diese Blume in allen Farben zu sehen. Meine Nase kann die Düfte aufnehmen und meinen Körper, Geist und Seele damit beflügeln. Dabei ist auch Genuss. Ich genieße das Atmen, ich will mich mit allen Sinnen bedienen – genießen, genießen, genießen.

E: Tust du es? Wenn du in dieser Bewusstheit bist, lebst du ohne Anstrengung im Augenblick, egal, was du tust. Dann ist dein Leben für dich reine Gnade. Ein reines Geschenk von mir zu dir. Ein reines Geschenk, weil du bist, von dir zu dir.
Merkst du, ein Aha-Erlebnis muss nicht plötzlich kommen. Ich sage dir, geh weg von deinen Vorstellungen. Und es wird alles geschehen, im Vertrauen auf dich, auf mich, auf einfach alles – auf das Sein.

Ich: Ich will es geschehen lassen, denn nachvollziehen kann ich es noch nicht so recht.
E: In der Dankbarkeit zum Leben entsteht die Wandlung. Probleme (Gelegenheiten) werden zum Geschenk, scheinbares Versagen zu Erfolg, angebliche Fehler zu wichtigen Erfahrungen.

Schön – das Leben.
Ein Liebestraum,
den nur jeder für sich
leben, erleben kann.

*Wahre Dankbarkeit
kommt aus der Erkenntnis
des Gleichseins.*

Frieden

E: Ihr betet dauernd für Frieden in der Welt. Ist euch bewusst: Die Welt liegt in euch? *Nur in euch!* Nur den Frieden in euch braucht es, mehr nicht. Ihr denkt, das sei sowieso eine Selbstverständlichkeit. Doch wenn das so wäre, wärt ihr schon lange im lebenden Paradies.

Der Friede in dir, in euch ist ohne Reibung, ohne Reibung, ohne Reibung. Egal, was im Außen ist und sein wird. Bedenke, dein Leben ist nur ein Durchgang, ein kurzer Durchgang – jeder weiß es, keiner bleibt hier. Warum, warum also geht ihr in die Reibung, wenn ihr sowieso alles hier zurücklasst? Die Reibung, die Ausbeutung geschieht nur, weil ihr übervorteilt. Was treibt euch dazu? Nur die Angst. Die Angst, es würde nicht reichen.

Für jeden ist genug Luft da, doch von eurem Verstand her reicht es nicht. Glaubt mir, vertraut doch auf das Göttliche in euch. Es ist wirklich genug für alle da. Der Frieden in euch ist nur möglich, wenn ihr in eurem Zentrum, in der Mitte seid. Aber nur in der Mitte. Dann ist alles in euch und um euch im Gleichgewicht.

Wo zwei oder drei in meinem Namen versammelt sind, da bin ich mitten unter ihnen. Wenn du und noch einige andere in eurem Zentrum seid, dann ist das Zentrum zentriert, magnetisiert. Was sonst. Die Welt verändert sich durch Bewegung, durch Wandlung, und die Resonanz des Kollektivs zündet, wandelt sich hin zum Frieden, in den Frieden.

Der Frieden ist die Auswirkung der Liebe. Ihr glaubt immer, den

Weltfrieden zu erreichen sei unendlich schwer. Ich sage euch, es ist unbegreiflich leicht, leicht, leicht. Unbegreiflich, weil mit dem Verstand nicht zu greifen.

Fangt doch beispielhaft an, ohne Reibung, ohne Urteilen zu leben. Mehr ist es nicht. Lasst jedem seinen Willen. So hast auch du deinen freien Willen. Diese Freiheit zu erspüren, ist nur leicht und wunderbar. Der Frieden, der Herzensfrieden, ist mit deiner Freiheit und deiner Freude – deiner göttlichen Freude in dir – im Einklang. Merkst du, deine Freiheit, deine Freude, dein Friede entspringt deinem Leben! Es ist dein wahres Liebesleben zu dir, dir, dir. Zu wem sonst? Die Handlungen mögen gleich bleiben, doch die Bewusstheit, in Freiheit, Freude und Frieden zu leben ist reines, reines Liebesleben. Von innen nach außen. Nur denken, wollen, handeln in Frieden.

Ich: Aber wie soll das geschehen?

E: Wie? Lass es geschehen. Und es wird geschehen. Teile nicht, sondern vertraue auf dich im Augenblick – mit der friedlichen Absicht in dir, dem Göttlichen. Menschen, die sehr verkrampft sind, haben oft ganz feste Vorstellungen von sich und vom Leben anderer. Dieses Verkrampftsein macht sich schon in ihrem physischen Körper bemerkbar. Um ihren Vorstellungen gerecht zu werden, nehmen sie die schlimmsten Reibeisen in sich in Kauf – sie arbeiten hart, sind hart, gehen ihr Ziel im Verstand hart an. Sie erreichen es auch aus eigener, wirklich nur aus eigener Kraft.

Sie kennen es oft nicht anders. Sie verstricken sich und wissen nicht, dass in Verbindung mit ihrer inneren göttlichen Kraft – mit Liebe und einem festen Willen – alles viel, viel leichter erreicht werden kann. Sie sind, wenn sie ihr Ziel erreicht haben, oft erschöpft, und sie kleben an der Vergangenheit, was sie alles geschafft haben. Ich frage dich, wo leben bitte diese Menschen? Sie arbeiten bis zur Erschöpfung auf ein Ziel hin (in der fernen Zukunft) – und leben dann ihre Erschöpfung in der Erinnerung aus, was sie geleistet haben.

Doch irgendwann kommt das bittere Erwachen in der Gegenwart – und dann die sinnlosen Fragen. Glaub mir, der Sinn des Lebens kann für euch weder in der Zukunft noch in der Vergangenheit liegen. Bewusst gestalten könnt ihr nur den Augenblick. Bewusst den Augenblick in die Liebe, in den Frieden einbetten, das ist Leben, das ist das Paradies. Nur dieses denken: ich will, will, will.

Ich: Wie?
E: Das ist gleichgültig. Geht weg von euren verstandesmäßigen Vorstellungen. Alles geschieht ohne Reibung im Göttlichen, in das ihr euch unbegrenzt erhebt – und es gibt kein Hindernis mehr, ihr seid frei. Wollt es doch nur! Es ist so leicht.

Ihr müsst nichts tun, nichts verdienen, nichts berechnen, nichts kalkulieren. Nur euch als euer Geschenk lieben – und der Himmel tut sich auf. Und der Frieden, ja, der himmlische Frieden, hält Einkehr im Bewusstsein der immerwährenden Gegenwart.

> Der Friede in euch ist eure Heimat.
> Der Friede in euch ist eure Ruhe.
> Der Friede in euch ist euer Zuhause.
> So einfach: nur „Sein" – nur Frieden.

Der himmlische Frieden
in deinem Herzen erzeugt
den Weltfrieden
im Herzen der Mutter Erde.
Es ist das Paradies auf Erden.

Erlieben

Ich: Am Morgen hörte ich in mir das Wort er-lieben. Später höre ich es ganz anders: erschließen, erfahren, erleben.

E: Das ist das Aktive in dir. Unbefleckt empfangen ist ein Empfangen ohne Reibung – Liebe; du wirst gestärkt. Im Stand der Liebe gibt es keine Reibung, nur reines Empfangen. Im Bewusstsein der Liebe ist das Empfangen gleichwertig, egal was du empfängst, schmutzige Wäsche oder einen Blumenstrauß. Auf Erden zu weilen, ist reines Empfangen. Ihr verschleiert das Empfangen und denkt, ihr gebt, gebt, gebt. Jedem Geben geht ein vielfaches Empfangen voraus.

Ich: Was kann ich dann geben?

E: Der Dank und die Antwort ist, mit deinem freien, bewussten Willen die bedingungslose Liebe zu leben. Mehr nicht.

Ich: Ist das alles?

E: Es ist alles. Es ist deine Verwirklichung und Entfaltung. Es ist dein Leben. *Bewusst* in die Ganzheit, in die Vollkommenheit gehen.

Ich: Warum die Prüfungen in meinem Leben?

E: Sieh es anders. Es ist die Bewusstheit des Entfaltens zum Göttlichen. Wenn du im Leben mehr vertraust auf Gott – *das Leben loslassen, locker lassen, lösen* –, so lebst du in einer höheren Schwingung. Die Reibungen werden weniger. Die Liebe nimmt ihren Lauf.

Je höher die Schwingung, desto bewusster ist dir die Allmacht, desto weniger empfindest du Begebenheiten, Gelegenheiten als harte Prüfung. Je mehr du dir deiner göttlichen Allmacht bewusst bist, umso mehr handelst du im Stand der Liebe.

Liebende Gedanken bringen liebende Handlungen hervor. Die Liebe zu dir. Die Handlung spiegelt sich in deiner Persönlichkeit. Das Göttliche in dir findet seinen Ausdruck.

„Du bist mein Ebenbild. Ich spiegle mich in dir, in jedem. Die Schöpfung ist mein Spiegel." (Epheser 4,24)

Lebe die bedingungslose Liebe!

E: „Bedingungslose Liebe" – dieses Wort ist oft zu abstrakt für euch. Doch wenn du einen Menschen lieben kannst, der bei dir Narrenfreiheit hat (ohne dass er sich dafür anstrengen muss), dann lebst du die göttliche Liebe. Das ist es, mehr nicht. Dann kannst du deine Handlungen, statt sie mit denen des anderen zu vergleichen, einfach geschehen lassen.

Am Anfang geschieht bedingungslose Liebe nicht bei den engsten Familienmitgliedern. Da wäre es Anstrengung, es wäre verkrampft, es würde nicht gelingen. Beobachte dich, und du findest in deinem Leben jemanden, den du in keine Schublade mehr steckst, von dem du nichts erwartest, dem du keine Bedingungen stellst (das gilt nur für dich, beim anderen muss das nicht so sein). Er hat dann, wie ihr sagt, „Narrenfreiheit". Egal, was dieser Mensch tut, ihn trifft kein Urteil von dir, und stets spürt ihr eine innere Verbindung, wenn ihr miteinander kommuniziert. Gehe in die Erinnerung, vertraue auf mich, ich helfe dir dabei. Du er-innerst dich!

Gehe weg von allen Vorstellungen.

Bedingungslose Liebe ist nicht alters- oder geschlechtsbezogen. Wenn du das erkannt hast, weißt du, wovon ich spreche, weil du es nachempfinden kannst. Du kannst es erfühlen. Es stärkt dich. Dein Wille, deine Bewusstheit, deine Bereitschaft werden dich in deine göttliche Kraft erheben.

„Ich bin dein Ebenbild – du bist mein Ebenbild." Ich, die Schöpfungskraft, die Manifestation in dir, habe dich, mich auf die Erde gesandt. Das ist der Anfang der bedingungslosen Liebe. Diese Erkenntnis veranlasst dich, die bedingungslose Liebe langsam in alle Menschen zu ergießen. Diese Bedingungslosigkeit stärkt dich. Sie breitet sich aus dir heraus aus, sie kann sich verbreiten.

Merke dir: Alles, was *du* gibst, schwächt dich. Alles, was du *aus dem Göttlichen in dir* gibst, stärkt dich. Ganz einfach. Das Göttliche, aus dem du gibst, ist unerschöpflich, weil ich es bin, unbegrenzt. Du schöpfst und gibst zur gleichen Weile.

In der höchsten Schwingung, in der Einheit, in der Dreifaltigkeit, gibst und vergibst du die Liebe, das Licht (ihr nennt es Freude) und den Frieden. Diese Einheit ist bedingungslos und unteilbar. Sie kann sich nur vermehren. Wirke, wirke, wirke. Das gilt für jeden, der das liest!

Glaube daran: Ich bin bei dir. Spüre hinein – auch jetzt beim Lesen. Glaube es jetzt einfach unendlich. Liebe: Lass sie geschehen, und es wird nach deinem Willen geschehen. Auf was wartest du noch? Die Allmacht liegt in dir.

Liebe das Leben, es ist mein größtes Geschenk an Dich!
Du bist mein Geschenk an dich. Du bist ein Geschenk des Himmels, glaube es!!

Nur durch deine Herzenshingabe an mich bist du im Kern. Nur durch deine Herzenshingabe an mich erweist du mir den größten Liebesdienst aller Zeiten. Frage dich, was hält dich zurück? Du weißt es nicht, weil du ständig in der Verstrickung lebst. Der Grund dafür ist die „Angst". Die Angst hält die Hingabe zurück. Wenn dir das von Herzen bewusst ist, verlierst du sie und du vertraust mir in dir unendlich. Du wandelst die Angst in ewige Freude. Dein Leben erklingt als meine Melodie in der Schöpfung. Du alleine bestimmst die Melodie. Was willst du hören?

Wenn du mit mir in der Einheit bist, erlebst du meine Schöpfung, erlebst du alles, alles, alles als himmlisches Orchester. Was willst du mehr? Es ist die Krönung deines immerwährenden Lebens.

Es ist die Vollendung der Liebe.

Ein Leben in bedingungsloser Liebe

Hier ist die bedingungslose Liebe, in Person einer Frau mit Namen Katharina, die als 14-Jährige im Zweiten Weltkrieg aus der Ukraine vertrieben wurde. Durch die Arbeit auf unserem Bauernhof in Franken wurde sie mit meiner Familie sehr vertraut. Als ich geboren wurde, lebte sie in unserer Nachbarschaft. Als Kind gab ich ihr den Namen Gaja. Den durften nur ich und meine Geschwister sagen. Jahre später zog „Gaja-Katharina" mit ihrer Familie in eine andere Straße. Als ich eine Familie gründete, zog ich „zufällig" in die gleiche Straße. Und jetzt, Jahrzehnte später, erfuhr ich „zufällig", dass Gaja der russische Kosename für Katharina ist.

Warum schreibe ich das alles? Durch das Schreiben und Reflektieren bekomme ich mehr Klarheit und Einblick in das, was „bedingungslose Liebe" ist. Und wenn Sie diese Zeilen achtsam lesen, können Sie erahnen, wie sich diese Liebe anfühlt. Sehen Sie das, was ich mit Gaja erleben durfte, nicht mit den Maßstäben des Verstandes, der uns oft glauben lässt, wir wüssten, was Liebe ist. Sehen Sie die Liebe, wie sie sich zeigt: Sie verteidigt nicht. Sie trägt keine Sorgen. Sie erwartet keinen Dank. Sie fließt leise – leise und unaufhaltsam.

All dies, was ich hier schreibe, hat sich so ergeben, ja, in Liebe er-geben. Gaja öffnete mir das Tor in die Unendlichkeit. Jetzt erst weiß ich, was bedingungslose Liebe ist. Ich durfte sie mit Gaja leben, 49 Jahre lang. Es wurde mir offenbart, wie sie sich anfühlt. Im Verstand glaubte ich, das schon zu wissen. Doch jetzt ist sie für mich auf-gedeckt, auf der Gefühlsebene – für mich die reine Gnade. Ja, das ist das reine „hohe Lied der Liebe" (Sie können „Gaja" als Personennamen lesen oder als Synonym für „Liebe").

Gaja war nicht aufdringlich, sie war immer da, wenn ich sie brauchte, sie machte mir nie einen Vorwurf. Ich wollte sie nie benutzen oder ausnützen, doch wenn ich etwas brauchte von ihr, habe ich nie ein Nein bekommen. Für mich war sie einfach bescheiden. Von ihr kam nie ein „du sollst" oder „du musst". Höchstens, wenn überhaupt, ein „kannst du?"

Sie war für mich in keine Richtung festgefahren oder dogmatisch, sie handelte immer von Herzen. Wenn ich als Kind oder Erwachsene in ihrem Beisein noch so heftig getadelt wurde, hat sie mich nie verteidigt, sondern nur mit einem intensiven, liebenden Blick angeschaut, so dass auch ich mich nicht mehr verteidigte, sondern die anderen reden ließ. Wir haben danach auch nicht mehr über solche Vorfälle gesprochen. Und auch sehr selten haben wir uns über unsere Sorgen ausgetauscht; so etwas war einfach nicht unser Thema.

Sie hat mir immer geholfen, wenn ich es wollte, und hat sich dabei nie aufgedrängt. Sie hat sich ihrer Hilfe nie gerühmt, noch erwartete sie irgendeinen Dank. Sie war so unscheinbar in ihrem Tun und Reden, jedoch überstrahlend in der Liebe, in ihrem Sein. Sie musste oft so über mich lachen, dass wir uns beide im Lachen wiederfanden, spiegelten. Sie ließ mich einfach *sein*.

Jetzt erkenne ich. Da war kein Anhaften beiderseits. Sie war für mich die natürliche (nicht bewusste) Verkörperung der immerwährenden Liebe, die mich eine lange Zeit meines Lebens begleitet hat und bis in alle Ewigkeit begleitet. Ich spürte und durfte erfahren, dass diese Seele eine immerwährende Größe in meinem Leben sein wird, die durch nichts, absolut nichts zu erschüttern ist. Unsere Liebe war unauffällig und leise, weil sie im Fließen war – sie hatte so etwas Selbstverständliches. Sie war einfach da – hier.

Nach dem Ableben von Gaja war in mir keine Sekunde der Trauer. Es war ein langes Nachsinnen in der Gewissheit und der Freude, dass sie jetzt dort ist, wo sie sein wollte, in ihrer „Heimat". Warum ich nicht traurig war? Wir durften hier beide, einander zugewandt, als Seelen weilen in der Vereinigung der bedingungslosen Liebe. Das ist die Gnade in meinem Leben.

Je älter Gaja wurde, desto klarer und reiner war für mich ihr „Sein", ihr Strahlen, desto mehr hatte ich das Bedürfnis, sie zu liebkosen. Sie hat es über sich ergehen lassen. Sie hätte es nicht gebraucht.

Noch heute rieche und schmecke ich das Salz auf ihren Wangen. Das Salz – ihre Liebe – in meinem Herzen. Für mich ist sie die aufsteigende Sonne, die niemals untergeht. Die bedingungslose Liebe.

... und hätte ich die Liebe nicht (1. Korintherbrief 13)

Wenn ich mit Menschen- und mit Engelzungen redete und hätte die Liebe nicht, so wäre ich ein dröhnendes Erz oder eine lärmende Schelle.

Und wenn ich prophetisch reden könnte und wüsste alle Geheimnisse und alle Erkenntnis und hätte allen Glauben, sodass ich Berge versetzen könnte, und hätte die Liebe nicht, so wäre ich nichts.

Und wenn ich alle meine Habe den Armen gäbe und ließe meinen Leib verbrennen, und hätte die Liebe nicht, so wäre mir's nichts nütze.

Die Liebe ist langmütig und gütig, die Liebe eifert nicht,
die Liebe prahlt nicht, sie bläht sich nicht auf,
sie verhält sich nicht ungehörig, sie sucht nicht ihren Vorteil,
sie lässt sich nicht erbittern, sie trägt das Böse nicht nach,
sie freut sich nicht über die Ungerechtigkeit, sie freut sich aber an der Wahrheit,
sie erträgt alles, sie glaubt alles, sie hofft alles, sie duldet alles.

Die Liebe hört niemals auf,
wo doch das prophetische Reden aufhören wird
und das Zungenreden aufhören wird
und die Erkenntnis aufhören wird.

Denn unser Wissen ist Stückwerk, und unser prophetisches Reden ist Stückwerk.
Wenn aber kommen wird das Vollendete, so wird das Stückwerk aufhören.

Als ich ein Kind war, da redete ich wie ein Kind
und dachte wie ein Kind und war klug wie ein Kind;
als ich aber erwachsen wurde, tat ich ab, was kindlich war.

Wir sehen jetzt durch einen Spiegel
ein dunkles Bild;
dann aber von Angesicht zu Angesicht.

Jetzt erkenne ich stückweise;
dann aber werde ich durch und durch erkennen,
wie ich durch und durch erkannt bin.

Nun aber bleiben Glaube, Hoffnung, Liebe, diese drei.
Aber die Liebe ist die größte unter ihnen.

Grundlage des Textes ist die Übersetzung der Luther-Bibel von 1984;
an wenigen Stellen haben wir die Formulierung der sog. Einheitsübersetzung
bevorzugt, die uns klarer erschienen. Im viertletzten Absatz haben
wir „ein Mann wurde" ersetzt durch „ erwachsen wurde".

Wie Sie Begriffe aus der christlichen Tradition in Ihre eigene Sprache „übersetzen" können

Lassen Sie sich durch die christlichen Begriffe in diesem Buch nicht irritieren, denn hier geht es nicht um Religion oder um bestimmte Lehren, sondern um die Er-Lösung der bedingungslosen Liebe im Menschen, in Ihnen. Und das hängt nicht von irgendeiner Religion ab.

Die Autorin dieses Buchs ist von der christlichen Tradition geprägt, daher ist auch ihre Sprache von christlichen Begriffen geprägt. Sie, liebe Leserin, lieber Leser, sind dazu eingeladen, die Texte in *Ihre* Sprache zu „übersetzen", wenn Sie das als nötig oder hilfreich empfinden.

Hier einige häufig vorkommende christliche Begriffe und der Versuch einer „Übersetzung":

Dreifaltigkeit/Dreifalt: Im Christlichen steht „Heilige Dreifaltigkeit" für die Einheit von Vater, Sohn und Heiliger Geist. Im Bewusstsein der Universellen Liebe steht sie für die Einheit in jedem Einzelnen: für die Harmonie von Körper, Geist und Seele; für den Einklang von Denken, Wollen und Handeln.

Gott/Universelle Intelligenz: „Gott" ist die allgegenwärtige Schöpfungskraft, die Allmacht, die eine unwandelbare, vollkommene Intelligenz in sich birgt. „Gott" ist das Namenlose, das im Grunde kein einziges Wort treffend beschreiben kann.

Heiliger Geist: Er steht für die vollkommene (heilige), unbegrenzte und allwissende kosmische Schwingung.

Höheres Selbst: Das „höhere Selbst" ist die göttliche Urkraft, die göttliche Schöpfungskraft in mir, in dir, in jedem von uns – ohne Ausnahme.

Beten: In der christlichen Tradition ist Beten ein inniger Akt, der sich an einen äußeren Gott richtet. Doch Sie können „Beten" auch als ein inniges Bitten an *Ihre* innere Göttlichkeit verstehen.
In beiden Fällen ist „Beten" mit dem Herzenswunsch verbunden, „Das Beste möge für X. Y. geschehen" – das heißt, unabhängig von meinem verstandesgesteuerten Wollen. Im „Beten" überantworten wir das Geschehen einer größeren, „höheren" (bzw. „tieferen") Intelligenz, die die Grenzen unseres rationalen Verstandes ganz und gar hinter sich lässt.

Danksagung

Meine größte Dankbarkeit gilt der Entdeckung meines „höheren Selbst", dem Dialog mit der göttlichen Liebe in mir.

„Liebe das Leben. Es ist mein größtes Geschenk an dich."

Eigenliebe ist Gottesliebe.

Ich bin dankbar für die Wandlung und die Auferstehung in meine Selbstliebe, in die bedingungslose Liebe zu mir.

Es ist für mich eine große Gnade, erkennen zu dürfen, dass Jesus, Mahatma Gandhi, Paramahansa Jogananda und viele Heilige mir als Beispiel dienen, die bedingungslose Liebe zu verwirklichen, und ich darf erkennen, dass mir Menschen und Situationen begegnen, um mich bewusst zur bedingungslosen Liebe heranreifen zu lassen.

*Die aufgehende Sonne,
die niemals untergeht.
Bedingungslose Liebe.*